노량 최후의 10일

노량 최후의 10일

초판 1쇄 인쇄 | 2023년 12월 20일
초판 1쇄 발행 | 2023년 12월 27일

지은이 | 박성종
펴낸이 | 박영욱
펴낸곳 | 북오션

주   소 | 서울시 마포구 월드컵로 14길 62 북오션빌딩
이메일 | bookocean@naver.com
네이버포스트 | post.naver.com/bookocean
페이스북 | facebook.com/bookocean.book
인스타그램 | instagram.com/bookocean777
유튜브 | 쏠쏠TV · 쏠쏠라이프TV
전   화 | 편집문의: 02-325-9172   영업문의: 02-322-6709
팩   스 | 02-3143-3964

출판신고번호 | 제 2007-000197호

ISBN 978-89-6799-803-5 (03810)

노량

최후의 10일

박성종 장편소설

차례

일러두기

1. 모든 날짜는 음력입니다.
2. 선조를 묘호가 아닌 휘인 이연으로 표기했습니다.
3. 필자가 설명하는 구간에선 인물들의 이름을 자국 발음 그대로 따랐습니다. 예컨대 陳璘은 '첸린', 小西行長은 '고니시 유키나가'라는 식입니다. 다만 조선인들의 대화체에선 '진린', '소서행장'으로 표기합니다.

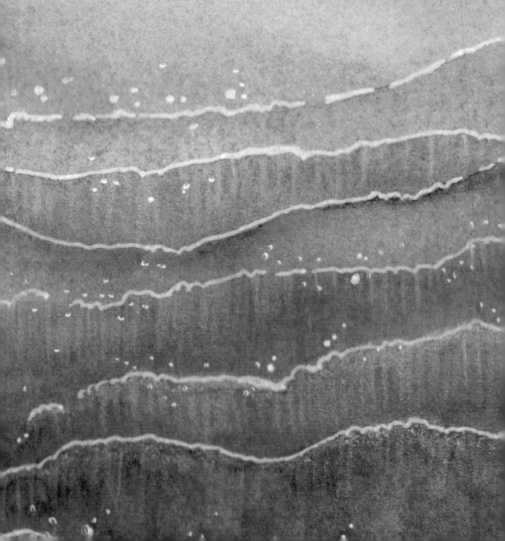

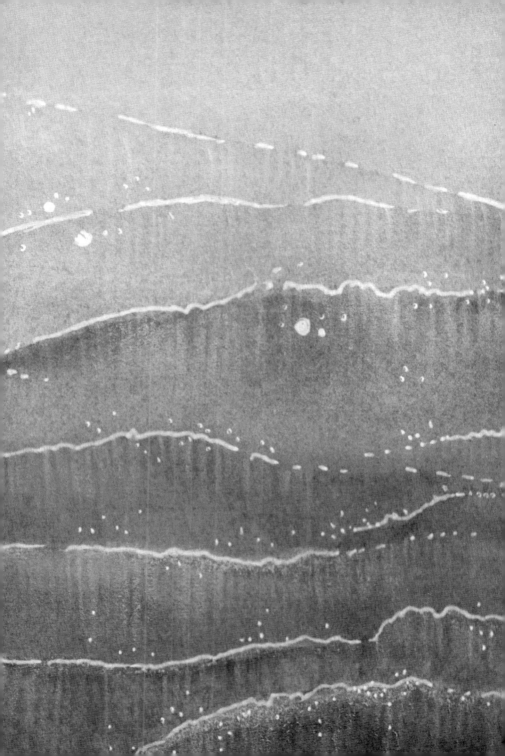

전사(前史)

1597년, 정유재란이 일어났다. 임진왜란 당시 이순신 장군에 의해 보급로가 끊기는 바람에 조선 정복에 실패한 왜군은 이번 재침에선 하삼도를 완전히 장악해 보급을 안정시키는 걸로 전략을 바꿨다.

초반 작전은 꽤나 성공적이었다. 간계를 이용해 성웅 이순신을 파직시키고, 조선 수군을 칠천량에서 전멸시켜 보급로를 확보한 후 파죽지세로 충청도 직산까지 진출할 수 있었던 것이다.

하지만 복권한 이순신 장군이 단기간에 조선 수군을 재건한 후 명량에서 기적 같은 승리를 거두자, 왜군은 분루를 삼키며 또다시 군을 물려야만 했다.

그렇게 왜군은 남해안 일대의 순천, 사천, 울산, 부산 등지로 달아난다. 이에 조명연합군이 울산을 공격하지만 실패하고, 이후 전황은 지루한 교착 상황에 빠졌다.

그러던 중 무술년(1598) 8월, 도요토미 히데요시(豊臣秀吉, 풍신수길)가 급사했다. 이제 더 이상 조선에 주둔할 의미가 없어진 왜군은 철수를 서두르게 되었다.

이 틈을 타 조명연합군은 중로군, 동로군, 서로군, 수로군 등을 구성해 네 갈래 길로 적을 공격하는 이른바 '사로병진 작전'을 실시했다. 중로군은 시마즈 요시히로(島津義弘, 도진의홍)가 있는 사천, 동로군은 가토 기요마사(加藤淸正, 가등청정)가 있는 울산, 서로군과 수로군은 고니시 유키나가(小西行長, 소서행장)가 있는 순천을 수륙 협공하는 작전이었다.

하지만 아쉽게도 사로군 모두 실패하고 만다. 특히 중로군에선 전사자가 1만 명이나 나와, 조명연합군 전체의 사기가 크게 떨어졌다.

그럼에도 불구하고 서로군과 수로군은 11월에 다시 순천을 공격하기로 했다. 2차 수륙협공 작전이었다. 하지만 이번 작전은 그저 황제에게 거짓 보고를 올리기 위한 기만일 뿐이었다. 당시 거의 대부분의 명나라 장수들이 '양전음화(陽戰陰和, 낮에는 싸우고 밤에는 화친을 도모하다)', 즉 싸우는 척만 하고 사실은 왜적과 강화한다는 전략을 갖고 있었기 때문이었다.

당연히 서로군 총대장인 류팅(劉綎, 유정)도 싸울 생각이 전혀 없었다. 그는 남원의 감군(監軍)이 주본(奏本, 황제에게 올리는 보고서)을 작성해야 한다며, 하도 노발대발하기에 형식상 출전한 것뿐이었다. 어차피 왜군이 철수를 결정한 마당에 굳이 피를 흘릴 필요가 없으니까 말이다. 자신들은 그저 원군일 뿐이지 않은가! 게다가 그는 고니시로부터 뇌물도 듬뿍 받고 있었다. 그저 싸우는 척 시늉만 하다가 왜적이 물러간 후, 전공만 챙기면 그만이었다.

이런 상황에서 왜적과 실제로 싸울 수 있는 전력은 수로군, 즉 조·명 연합 함대뿐이었다. 하지만 수로군의 명목상 지휘관인 첸린(陳璘, 진린)은 전투를 주저했다. 그는 그나마 명나라의 몇 안 되는 주전파였으나, 1차 순천왜성 공격의 실패 후 심리적으로 크게 흔들리고 있었다. 부하도 3백 명 가까이 잃은 데다, 자신도 거의 죽다 살아났기 때문이었다.

순천에 고립된 고니시는 이러한 첸린의 심리를 교묘히 이용하기로 했다. 첸린에게 뇌물을 듬뿍 안길 계획이었다. 이미 육지에선 류팅을 뇌물로 구워삶아 일부러 싸우지 않게 만들었던 그였다. 첸린만 설득하면 저 막강한 조선 수군의 발도 묶을 수 있을 터였다. 그렇게만 되면 이 고립무원의 성에 갇힌 자신과 일본군은 무사히 빠져나갈 수 있다고 판단했다.

거기다 사천성 전투에서 대승을 거둬 사기가 충천한 시마즈가 후방에서 든든히 받쳐주고 있으니 해볼 만한 싸움이었다.

반면, 조선의 삼도수군통제사 이순신 장군은 끝까지 왜군 섬멸을 주장하고 있었다. 장군은 왜군들이라면 단 한 명도 살려서 보내지 않을 생각이었다. 심지어 죽음을 불사하더라도 말이다.

그러기 위해선 전투를 망설이는 첸린을 설득해야 했다. 그것이 관건이었다.

여기에 더해, 조정에서 자신의 일거수일투족을 감시하고 있다는 걸 이미 알고 있었다. 장군은 노련하게 처신해야 했다. 자칫 잘못하다간 지난번처럼 역적으로 몰릴 수도 있을 터였다.

한편, 선조 이연이 이끄는 조선 조정은 백성의 안위 따위는 아랑곳하지 않고 이순신을 숙청할 생각만으로 혈안이 돼 있었다. 민심이 조정을 떠나 이순신에게 모이고 있는 걸 누구보다 잘 알고 있었기 때문이다. 미래의 화근은 미리 싹을 잘라야 했다.

　이미 류성룡은 숙청한 뒤였다. 이제 마지막 남은 인물은 바로 이순신! 그가 승전하든 패전하든 상황에 맞춰 가장 그럴듯하게 제거해야 했다.

　이렇듯 무술년의 조선 남쪽 바다에선 이순신 장군과 왜군, 명의 주화파, 거기다 조선 조정까지… 서로의 이해관계가 첨예하게 부딪치며 불꽃을 튀기는 중이었다.

1. 동짓달 여드레(11월 8일):
쫓는 자, 갇힌 자, 꾸민 자

– 휘잉~!

나로도 앞바다에서 찬 바람이 크게 불어왔다. 오늘따라 뼛속까지 찌르는 바람이 새삼 매섭게 느껴졌다.

"날이 벌써 이렇게 추워졌구먼."

"그러게 말입니다."

이순신 장군의 말에 송희립이 답했다. 그의 입에서 새어 나오는 입김을 보니 지금이 겨울인 게 확연히 느껴졌다. 1차 순천왜성 전투 때 진지였던 장도에서 뱃길로 210리 떨어진 이곳에 진을 친 지도 어느덧 한 달여 남짓. 그동안 왜군과 소규모 전투를 치르고, 적의 동태를 살피는 통에 시간이 언제 이렇게 흘렀나 싶다.

"으음, 콜록콜록."

순간, 장군이 깊은 기침을 해댔다. 송희립이 그런 장군을 부축하며 걱정스레 물었다.

"통제사또, 괜찮으십니까?"

"음, 괜찮네. 괜찮아."

말은 그렇게 했지만, 사실 괜찮지 않았다. 작년, 의금부에 끌려가 고문을 당한 뒤로 토사곽란을 더욱 자주 일으키는 장군이었다. 안 그래도 지난 7년 전쟁 동안 온갖 모진 풍파를 맞은 탓에 검은 머리와 수염은 백발이 되고 말았다. 7년 전 건장하던 중년 남성은 어느덧 초로의 노인으로 변해 버렸다.

더구나 요즘에는 몸이 많이 쇠약해졌다는 걸 매 순간 느끼고 있었다. 하루에도 얼마나 많은 고통이 찾아왔는지 모른다. 하지만 장군은 입을 꽉 물며 참아내는 중이었다.

'아직은 쓰러질 수 없다. 왜놈들을 모두 섬멸하기 전까진!'

송희립도 그런 장군의 상태를 알고 있었다. 알면서도 모른 척했다. 그래서 더 마음 아팠다. 그리고 화가 났다. 장군을 이렇게 만든 왜놈들과 조정의 아둔함에 대해서 말이다.

그렇게 두 사람은 어딘가를 향해 힘겨운 발걸음을 내딛고 있었다. 그들이 향하는 곳은 명 수군 도독부. 하지만 날씨가 워낙 추워서 그런지 늘 군말 없이 장군을 보필하던 송희립도 오늘만큼은 투덜거렸다.

"진 도독과 명나라 장수들한테 위로연까지 베풀어야 한다니…

이건 정말 너무하군요."

"별수 있나? 왜놈들만 무찌를 수 있다면 내 더한 거도 하지."

"육지에서 유 제독이 복지부동인데 선뜻 나설까요?"

"안 되면 되게 해야지. 우리만으론 병력과 배가 턱없이 모자라니 말일세."

장군이 송희립을 타이르듯 다독였다. 하지만 송희립은 고개를 저으며 탄식했다.

"우리한테 받을 것만 잔뜩 받아먹고 유정 제독처럼 안 움직이면 어떡합니까? 황 첨사님이 돌아가신 것만 생각하면 분노가 치밉니다."

평소 묵묵한 송희립이 오늘처럼 화를 내는 건 사실 당연한 일이었다. 지난달 초, 수륙양동으로 왜교성을 공격하기로 했지만, 육군을 이끄는 명나라 제독 류팅이 겁을 먹었는지, 아니면 왜군들로부터 뇌물을 받아먹었는지 그냥 안 움직였던 것이다. 그 바람에 사도 첨사 황세득이 전사했는데, 그는 이순신 장군의 처종형이었다. 장군은 생사고락을 함께한 황세득의 죽음을 생각하니 다시 한번 가슴이 아려왔다.

"황 첨사 이야기는 더는 말게. 내가 더 가슴 아프이."

"하아… 저는 그냥…."

송희립은 뭔가를 더 말하려다가 문득 바다보다 깊고 처연한 장군의 눈을 보고 입을 닫았다.

"아, 알겠습니다. 통제사또."

지금 두 사람은 첸린 도독과 명나라 장병들에게 위로연을 열어 주기 위해 가는 중이었다. 조만간 전투가 있을 것으로 예상한 장군 은 이들을 위무해 전장에서 좀 더 적극적으로 싸우게 만들 요량이 었다. 지난번처럼 명나라 수군들이 어리바리 행동한다면 오히려 조선 수군에 짐이 될 터. 이 모든 게 연합수군의 전투력을 높이기 위한 궁여지책이었다.

'다들 내 마음 같지 않아 힘들군.'

장군은 씁쓸한 미소를 지었다. 전장에 나가 싸우고, 백성들을 위무하는 건 어렵지 않은 일이었다. 그저 자신의 신념에 충실하면 되니까. 하지만 이처럼 피로연을 베풀며 이른바 원군의 비위까지 맞추는 건 역시나 익숙지 않은 일이었다.

그런 장군의 생각을 아는지 모르는지 송희립은 옆에서 계속 투 덜거렸다.

"거기다 명색이 원군이랍시고 저렇게 퍼질러 앉아 군량만 축내 니 답답할 노릇입니다."

"그런 말 말게. 그래도 저치들 덕분에 나름의 성과가 있었지 않 은가?"

송희립이 자조 섞인 말투로 불만을 토로했지만, 장군은 그의 어 깨를 두드리며 진정시켰다.

어느덧 도독부 앞마당에 차려진 위로연장에 도착했다. 위로연장이라 해 봐야 배에 쓰다 남은 검은 돛으로 얼기설기 급조해 만든 초라한 천막일 뿐이었다.

장군이 송희립에게 당부했다.

"자, 어서 들어가세. 행여나 불편한 기색은 내지 말게."

"쩝… 알겠습니다."

"흠, 그래. 이것도 중요한 일이니 잘해 보세."

장군은 심호흡한 후 천막 안으로 들어갔고, 송희립도 그 뒤를 따랐다.

천막 안은 소박하지만 정성스러운 음식들로 가득 차 있었다. 조선 수군이 없는 살림이지만, 마른 수건을 짜내듯 자원을 끌어모아 최대한 정성껏 준비한 덕이었다. 상 위에는 돼지고기와 닭고기, 술과 각종 안주가 제법 푸짐하게 차려져 있어 군침이 절로 돌았다. 그 탁자들 사이로 조선 병사들이 각종 음식을 바리바리 운반하고 있었다.

장군은 이 광경이 문득 처연하게 느껴졌다.

'이걸 준비하느라 얼마나 많은 백성들이 고생했을 것인가?'

전쟁 내내 수많은 사람이 굶어 죽은 나라다. 먹을 게 없어 사람이 사람을 잡아먹던 나라가 지금의 조선이었다.

자신이 직접 관할하는 이곳 남도 일대는 그나마 사정이 낫지만,

여전히 전라도, 충청도, 경상도는 지옥보다도 못한 나날이 계속되고 있었다. 장군은 그 불쌍한 조선 백성들을 생각하면 피눈물이 날 지경이었다.

'오늘 연회를 위해 고생했을 백성들이여… 그대들의 노고를 생각해서라도 반드시 목표한 바를 이루리라.'

장군은 다시 한번 다짐했다. 그러기 위해선 웃어야 했다. 도무지 웃음이 안 나오는 상황이었지만 그래도 웃어야 했다. 그래야 명군의 도움을 받고, 그래야 한 놈의 왜놈이라도 더 처단할 수 있기에.

수많은 생각이 교차하던 그때, 상석에 앉은 첸린이 장군을 발견하고 손을 흔들었다. 올해 만 55세로 장군보다 두 살 연상인 그는 장군보다 오히려 어려 보였다. 최근에는 살까지 포동포동하게 올라 귀여워 보이기까지 했다.

"嘿, 李公, 請過來嘗嘗這個(오, 이 공. 이리 와서 이것 좀 드셔보시오)."

"네, 도독."

장군은 고개를 끄덕인 후 첸린의 옆자리에 가서 앉았다.

주변은 어느새 시끌벅적해져 있었다. 음식을 입에 쑤셔 넣기 바쁜 명나라 군졸들이 다들 크게 떠들며 기뻐했다.

"哈哈, 這太鮮美了(하하, 정말 맛있네)."

"啊, 我們有了這個就可以出戰(와, 이 맛에 전쟁터에 나가는 거라니까!)”

다들 정신없이 고기를 뜯고, 말술을 들이켰다. 그동안 모두 격무에 시달렸는지 2시간도 채 안 되어 다들 거나하게 취했다.

처음엔 별말이 없던 첸린도 어느새 알딸딸하게 취해 지난번 1차 순천왜성 공격에 대해 수다를 떨기 시작했다.

“저번 공격은 성공할 수 있었어. 하지만 육지에 있는 저 ‘더벅머리 류 아무개’ 때문에 결국 실패하고 말았지.”

첸린이 말하는 ‘더벅머리 류 아무개’는 조명 연합 육군 총대장 류팅을 가리켰다. 류팅이 자신보다 15년이나 어렸기 때문에 연소자에 대한 멸칭인 ‘더벅머리’라고 표현한 것이었다.

사실 첸린은 지금 생각해도 사로병진책의 실패가 믿기지 않았다. 왜냐하면 지난번 작전은 7년 전쟁 최초의 수륙 협공 작전이 포함된 동시에, 규모도 어마어마했기 때문이다.

사로군은 동로군, 중로군, 서로군 및 수로군으로 구성되어 있었는데, 이들은 각각 울산, 사천, 순천을 공격했다. 각 부대는 명나라 부대만 공히 2만 4천에서 2만 1천에다 조선군이 대략 5천에서 2천의 병사로 지원했기 때문에 총병력 10만이 넘는 대군이었다.

그에 반해 왜군은 성마다 기껏해야 1만 3천에서 7천 사이의 병력으로 지킬 뿐, 세 성의 총병력은 3만 7백에 불과했다. 이렇듯 3배가 넘는 병력으로 공략하는 것이기 때문에 누구나 승리는 따 놓은 당상이라고 생각했다.

이중 순천왜성을 협공했던 서로군과 수로군은 그 규모만 4만 8천에 이르는 대군이었다. 공략 대상인 고니시는 임진왜란의 원흉이자 상징적인 인물로 반드시 복수해야만 했기 때문이다.

이런 상황이었기 때문에 9월 말부터 시작된 전투 초기 분위기는 나름 나쁘지 않았다. 특히 조명 연합 수군 중에서도 조선 수군은 그야말로 놀라운 성과를 거뒀었다. 순천 앞바다의 묘도는 물론 순천왜성 바로 코앞의 장도까지 점령함으로써 왜군에게 치명타를 줬기 때문이었다. 적들의 군량을 대량으로 압수한 데다, 적의 퇴로를 차단함으로써 승리는 눈앞에 온 듯했다.

하지만 애초에 수륙 협공을 하기로 했음에도 불구하고, 류팅이 싸우는 것도 아니고, 안 싸우는 것도 아닌 어정쩡한 태도를 보이는 바람에 막대한 전사자가 나왔다. 그의 우유부단함 때문에 애꿎은 병사들만 죽어 나갔던 것이었다.

그 결과, 작전은 어이없는 실패로 끝나고 말았다.

설상가상 중로군과 동로군 모두 패전했다는 소식까지 전해졌다. 특히 사천을 공격했던 중로군은 왜장 시마즈에게 일격을 당해 무려 1만 병사가 전사하기까지 했다.

결국 호기롭게 시작한 사로병진책은 처절한 실패로 끝나고 말았고, 사로군 모두 군을 물릴 수밖에 없었다. 대전 후 조명연합군의 사기는 땅에 떨어졌고, 이 작전의 실패로 인해 주전파는 완전히 설 자리를 잃었다.

특히 명목상 수로군의 총대장이자 몇 안 되는 주전파 중 한 사람인 첸린은 뼈아팠다. 수로군의 피해가 육군 못지않게 컸기 때문이었다. 이 모든 게 수군은 필사적으로 싸운 반면, 육군은 소극적으로 싸운 탓이었다.

따라서 취기가 어느 정도 오른 첸린이 류팅을 안줏거리 삼아, 씹고 뜯고 하는 건 어찌 보면 당연한 것이었다.

"거, 류팅은 음서로 대장이 된 놈이라 실력이 형편없지. 기껏 상대했던 놈들이 원난의 야만족들이니…. 그에 비해 나는 이십 년 넘게 왜구와 싸워온 몸. 거기다 우리 광둥 수군은 류팅의 묘족 병사들보다 훨씬 용맹하다오. 그러니 저번 공격 때 그 정도 전공이라도 올린 게 아니겠소?"

그는 지난 1차 순천왜성 공격의 실패가 우유부단한 류팅 때문이라며 비난했다. 뭐, 실제로 그러했으니 틀린 말은 아니었다. 그 의견에 동의한다는 듯, 옆에 있던 이순신 장군이 첸린의 술잔을 채우며 답했다.

"여부가 있겠습니까. 대인. 지난 공격 때 이룬 전공도 사실 다 대인 덕분이지요."

"하하, 이 통제도 그렇게 생각하시오? 역시나 그대는 명장 중의 명장이시오. 하하하."

첸린은 볼록 튀어나온 자신의 배를 어루만지며 껄껄 웃었다. 그는 항상 기분이 좋을 때면 자신의 똥배를 어루만지는 버릇이 있었다. 첸린은 술 한 잔을 들이켠 후, 장군을 보며 물었다.

"크아~ 술맛 좋구려. 그나저나 이야(李爺, 爺는 명나라에서 부르는 극존칭), 내가 저번에 물어본 건 생각해 봤소?"

"네? 뭘 말입니까?"

"거 왜 요동에 가서 명나라 벼슬을 해보라는 거 말이오."

"하하, 네. 진 대인. 저는 부족한 사람이라 그런 큰일을 맡는 건 당치않습니다."

"무슨 소리요, 이 통제. 이 통제가 못 맡는다면 누가 맡는단 말이오? 그러지 말고 내 말 들으시오. 이 공은 이 좁은 조선 땅에는 어울리지 않는 명장이외다."

"하하, 과찬입니다."

이순신 장군은 고개를 저으며 웃어 보였다. 그런 장군을 보며 첸린이 고개를 갸우뚱하며 되물었다.

"명나라에 가면 천하를 호령할 명장이 되실 분이 왜 이런 곳에서 곤궁하게 지내시오?"

역관이 첸린의 말을 장군에게 통역했다. 장군이 미소 지으며 대답했다.

"말씀만 감사히 받겠습니다. 하지만 지금은 왜적을 무찌르는 게 급선무. 일단은 거기에 집중하겠습니다."

역관이 장군의 말을 첸린에게 전했다. 첸린은 못내 아쉬운 듯 입맛을 다셨다.

"허허, 거 참. 알겠소이다. 하지만 내가 한 제안은 쉬이 한 게 아니오. 진중히 한 번 생각해 보구려."

"네, 알겠습니다. 자, 무거운 이야기는 말고 어서 드시지요. 저희 장병들이 천병(天兵, 명나라 부대)을 위해 없는 살림에도 나름 열심히 준비했습니다."

"하오, 하오. 음식은 아주 좋습니다. 껄껄껄."

첸린은 기분 좋은 듯 입가와 수염에 기름을 잔뜩 묻힌 채 닭 다리를 뜯었다.

그렇게 연회는 화기애애하게 진행되었다. 시간이 지날수록 첸린의 취기가 올랐고, 그는 기분 좋은 듯 연신 웃어댔다.

"소방의 병사들이 이리 극진히 우릴 생각하다니… 지난 전투 때문에 생긴 숙환이 싹 다 낫는 것 같소이다."

"다행입니다. 대인."

이순신 장군은 계속해서 이를 악물고 첸린의 비위를 맞춰줬다. 첸린은 지난 1차 순천왜성 전투 때 거의 자기 부하들 3백 명을 잃었고, 자기도 죽을 뻔해 상당히 의기소침해 있었다. 그런데 그는 명나라 장수들 중 거의 유일하게 남은 주전론자였기 때문에 그의 사기를 북돋는 게 사실 오늘 연회의 주목적이기도 했다. 자칫 그가 육군의 류팅처럼 안 싸우겠다고 버티면 아예 왜군과 싸울 수 없으니 말이다. 다행히 현재까지 첸린의 반응을 보면 오늘의 '연회 작전'은 대성공인 것 같다!

장군은 흐뭇하게 미소를 지으며, 다른 쪽에 앉은 송희립을 바라보았다. 송희립도 웃으며 술잔을 들어 보였다.

그런데 얼마 후, '연회 작전'이 실패할 위기에 처했다. 술에 잔뜩 취한 명나라 병사 몇 명이 지나친 농을 해댄 것이다.

"하하, 조선인들은 말이야…. 정말 겁쟁이라니까."

"캬, 우리 천조국(명나라)이 아니었으면 벌써 왜놈들의 나라가 됐을 걸?"

녀석들은 깔깔대며 웃었다. 옆에서 이 말을 듣고, 순간 화가 치민 가리포첨사 이영남과 낙안군수 방덕룡이 칼을 뽑으려 했다. 하지만 송희립이 둘을 말리며 진정시켰다.

"자자, 그만 참으시게. 지금은 어쩔 수 없이 참아야 할 때이니."

"쳇, 저놈들이…."

"에이!"

이영남과 방덕룡은 분을 삭이며 다시 자리에 앉았다.

젊은 장수들이 울분을 토한 건 비단 명나라 장병들이 오늘 술자리에서 버릇없이 행동했기 때문만은 아니었다. 전쟁 기간 내내 저들에 대해 쌓이고 쌓였던 감정이 폭발했기 때문이었다.

명나라 장병들은 속국이라며 조선 사람들을 구타하거나 하대하는 건 기본인 데다, 군량미 확보를 핑계로 민가를 습격하는 게 일상이었다. 오죽하면 첸린이 고금도에 왔던 지난 7월, 명나라 장병들의 횡포에 격분한 이순신 장군이 스스로 조선 사람들의 민가를 헐고 군을 해산시킨다고 했겠는가 말이다. 괜히 '왜적은 얼레빗, 명군은 참빗'이라는 말이 나오는 게 아니었다.

거기다 계사년(1593) 평양성 전투의 예처럼, 조선 백성을 죽여 왜적의 수급처럼 꾸민 뒤 자신들의 전공으로 삼는 경우도 태반이었다. 이래저래 죽어나는 건 약소국 조선의 힘 없는 백성들 뿐인 것이다.

송희립이라고 왜 저 젊은 장수들의 마음을 모르겠는가? 하지만 아무리 심사가 뒤틀려도 오늘은, 오늘만큼은 참아야 했다.

'제발 무사히.'

송희립은 기도하는 마음으로 명나라 장수들을 향해 술잔을 들어 올렸다. 정강이를 꽉 누른 채 만면에는 최대한 미소를 지어 보였다. 자칫 판이 깨지면 모든 게 어그러진다. 송희립은 살얼음판을 걷는 느낌이었다.

이처럼 이날의 연회는 조선군과 명군 사이의 눈에 보이지 않는 기 싸움으로 치열했지만 다행히 무사히 끝날 수 있었다.

유시(오후 5~7시) 경, 연회가 파했고 장군은 첸린에게 인사한 후 연회장을 나왔다.

"이제 밤이 깊었으니 이만 물러나도록 하겠습니다."

"오호, 오늘 정말 즐거운 밤이었소. 살펴 가시오. 이 공."

"네, 그럼 편히 쉬십시오. 대인."

장군은 첸린에게 인사한 후, 입구를 나섰다. 바깥으로 나선 장군은 따로 이영남과 방덕룡을 불러 어깨를 두드리며 위무했다.

"분통 터지지만, 잘 참았네. 앞으로도 이런 일이 많겠지만 참을 인(忍) 자를 새기게."

"흠… 알겠습니다. 놈들이 하도 버릇없이 굴기에 하마터면 칼을 뽑을 뻔했습니다."

"심려 끼쳐 죄송합니다. 통제사또."

이영남과 방덕룡 모두 고개를 숙이며 장군에게 말했다. 올해 28세인 이영남은 저 임진년 전쟁 발발 초기, 전라좌수영으로 찾아가 이순신 장군에게 출전을 강력히 요청할 만큼 충직한 인물이었다. 거기다 올해 38세인 방덕룡은 할머니가 세종의 아들인 임영대군의 고손녀라 충성심이 남달랐다. 그래서 오늘처럼 명나라 군사들의 건방진 행동에 화가 난 것이리라.

"자, 다들 수고했네. 들어가서 쉬게나."

"네, 통제사또."

"네, 장군."

그렇게 장수들을 보내고 장군은 송희립과 함께 관사로 향했다.

관사로 향하면서 이순신 장군은 송희립에게 내일 일을 당부했다.

"별망군들이 보내오는 소식은 하나도 빠뜨리지 말고 내게 보고하게."

"알겠습니다."

"이틀 전에 그 변가의 이야기를 들으니 풍신수길이 죽었다는 확신이 비로소 드는군. 지금이 아주 중요한 시기야."

"아닌 게 아니라 지금 놈들의 동태가 좀 수상합니다."

송희립이 뭔가 알고 있다는 듯 답했다. 장군은 그의 얼굴을 응시하며 다시 물었다.

"뭔가 짚이는 게 있나?"

"예, 소서행장 쪽에서 은밀히 유 제독에게 뇌물을 바쳤다고 합니다. 덕분에 유 제독은 넘어간 것 같습니다."

"흠, 그래?"

"만일 놈들이 진 도독에게까지 마수를 뻗친다면 큰일입니다."

장군은 말없이 고개를 끄덕였다. 얼추 예상은 하고 있었으나 막상 직접 들으니 오장육부가 뒤틀렸다. 그나저나 뇌물로 류팅을 매수하다니, 참으로 장사치 출신인 고니시다운 술수였다.

문제는 이쪽의 첸린이었다. 그가 넘어가는 것만큼은 막아야만 했다.

장군은 밤하늘의 별을 보며 담담하게 말했다.

"뭐 어쩌겠나? 모든 것은 진인사대천명. 지금은 일단 진린 도독의 인품을 믿어볼 수밖에."

송희립은 뭔가 대답하려 했지만 문득 저 하늘을 다 담을 것 같은 장군의 눈을 보고선 입을 다물 뿐이었다. 그렇게 침묵의 시간이 잠시 흐른 후, 송희립이 다시 입을 열었다.

"아, 그리고 말입니다. 통제사또…."

"음, 또 뭔가?"

"조정에서도 우리 진중에 정탐꾼을 보낸 모양입니다. 왜군이나 천군(명군)이 아닌 우리 군에 말입니다."

"음… 그런가?"

장군은 그저 짧게만 답했다. 장군 역시 조정에서 자신을 감시하고 있다는 건 잘 알고 있었다. 그래서 항상 신중에 신중을 기해 행동을 해왔다. 그런데도 아직 자신을 의심하는 임금과 조정 대신들을 생각하니 처연하고 씁쓸한 기분이 드는 건 어쩔 수 없었다.

"흠…."

장군은 작은 탄식과 함께 하늘을 올려다봤다. 하늘은 어느새 어두컴컴해져 있었다. 주변은 땅거미가 짙게 깔려 앞이 잘 보이지 않았다. 장군은 그것이 마치 자신의 미래, 아니 조선의 미래 같아서 서글프기 그지없었다.

'부디 왜적과의 전쟁에만 집중할 수 있게, 제발 그렇게만 해주길….'

장군은 눈을 감고 마음을 다잡았다. 지금은 왜적과의 싸움에만 집중해도 모자랄 판이기 때문이었다. 그런데도 자신은 명군을 전장에 끌어들이기 위해 '정치'를 해야 했고, 조정에 꼬투리를 안 잡히기 위해 무의미한 '연극'을 해야 했다.

장군은 마치 자신이 세 무리의 적들과 싸우는 느낌이었다.

바로 왜군과 명나라의 주화파, 그리고 임금이 이끄는 조선 조정이 그들이었다.

하지만 이런 고민은 누구와도 함께 나눌 수 없는 성격의 것이었다. 그래서 고독했다. 장군은 천 길 낭떠러지에 홀로 서 있는 듯 고독했다.

'그럼에도 불구하고….'

장군은 눈을 뜨며 입술을 꽉 깨물었다. 온갖 무리들이 작당을 해오는 것에도 불구하고, 자신은 본연의 임무에 충실할 것이라는 다짐이었다.

"알겠네. 송 군관."

장군은 그렇게 짧게 송희립에게 답했다.

어느덧 두 사람은 통제사 막사 앞에 도착했다. 장군이 송희립을 보며 당부했다.

"왜적뿐 아니라 천군의 정보도 놓쳐서는 안 되네. 세작들을 잘 간수하게."

"여부가 있겠습니까."

"자네만 믿네. 오늘 고생했으니 어서 쉬게."

"네, 통제사또도 편히 쉬십시오."

그렇게 둘은 통제사 막사 앞에서 헤어졌다.

이순신 장군은 임시로 차린 통제사 막사에 들어와 의자에 털썩 주저앉았다.

"하… 이 전쟁은 대체 언제 끝날 것인가?"

장군은 잠시 눈을 감았다.

눈을 감으니 문득 병자년(1576) 임관 때 스스로 했던 다짐이 떠올랐다.

'대장부로 태어나 나라에서 써주면 죽을힘을 다해 충성할 것이요, 만일 쓰이지 못한다면 그저 밭 갈며 사는 걸로 족하다.'

죽으면 그저 죽을 뿐이다. 그렇게 대쪽과 같이 살아온 인생이었다. 그래서 손해도 많이 봤다.

그냥 타고난 천성이 그랬다. 애초에 비겁한 행동이나 야비한 짓은 눈 뜨고 볼 수 없는 성격이었다. 어떠한 상황에서도 불의에 굴복할 생각은 없었다. 아마도 대대로 나라에 충절을 바쳐온 덕수 이씨 집안 내력 때문에 그러하리라. 거기다 훌륭한 부모님과 형님들을 가질 수 있었던 복도 타고났다.

하지만 세상에는 어찌나 부패한 탐관오리들이 많은지, 대부분의 관료들은 '좋은 게 좋은 거'라며 관직을 돈벌이 수단으로만 여기고 있었다. 어떤 이들은 권력을 이용해 힘없는 자들을 찍어 누르는 것에서만 쾌감을 느끼는 듯했다. 관료 사회는 썩을 대로 썩어 있었다.

'원칙과 소신대로 사는 게 그리도 힘든 일이었던가!'

까마귀들 사이에서 백로로 사는 것, 하얀 눈으로 뒤덮인 황량한 들판에서도 독야청청하는 것, 이 풍진세상에 홀로 깨끗이 살아간다는 것. 그건 예상외로, 무척이나 힘든 일이었다.

병조판서가 자신의 서녀를 첩으로 주려는 걸 거절했던 일, 발포 만호로 있을 적에 전라좌수사가 공사를 구분 못 하고 무리한 청을 해온 걸 거부했던 일 등등, 나열하자면 끝이 없다.

문제는 타락한 세상에 때 묻지 않고 살기로 선택한 순간부터, 권력욕과 출세욕에 찌든 권신들의 모함을 받기 시작했다는 점이었다. 부조리한 일에 대해 항명할 때마다 상급자들은 직위를 이용해 보복해 왔다. 아부를 떨고 뇌물을 먹였다면 일찍 승진할 수도 있었으리라. 하지만 애초에 그러고 싶지도 않았고 그럴 성격도 아니었다.

훈련원봉사로 있을 때는 병조정랑의 인사 청탁을 받지 않아 나중에 좌천되었다.

정해년(1587) 녹둔도 사건 때만 해도 그렇다. 녹둔도는 북방 최전선이라 중요한 곳임에도 불구하고, 병력은 턱없이 부족했다. 그래서 당시 병마절도사였던 이일에게 증병을 요구했지만 거부당했고, 결국 여진족의 침입을 받아 큰 피해를 입었다. 기가 막히는 건 이일이 병력 증파 거부에 대한 책임을 회피하고자 패전의 책임을 이순신 장군에게 물었다는 점이었다.

그렇게 억울한 옥살이를 했고, 첫 번째 백의종군을 했다. 그런

열악한 상황에서 다시 큰 공을 세워 복직할 수 있었다. 불굴의 의지가 없었다면 불가능한 일이었다.

'그게 벌써 10년도 더 된 일이구나.'

생각해보면 이미 그때 죽을 고비를 세 번이나 넘긴 셈이었다. 사실은 그때부터 죽음에 초연했는지도 모른다.

'내 목숨은 더 이상 내 것이 아니라 나라의 것이다.'

그러던 차에 임진왜란이 터졌다. 당연히 이번에도 죽을 각오로 싸운다고 생각했다.

하지만 왜란을 겪는 건 죽음보다도 더 고통스러웠다. 하늘은 그야말로 '무심'했다. 수십, 수백만의 백성들이 아무 죄도 없이 죽어갔다. 매일, 매 순간이 피를 토하는 심정이었다.

'지옥…'

그랬다. 7년 전쟁은 그야말로 지옥 같은 나날의 연속이었다. 장군의 눈앞으로 억울하게 죽어간 수많은 민초들이 휙휙 지나갔다. 그 뒤로 이제는 고인이 된 정운, 이억기, 어영담, 한백록의 얼굴이 스쳐 지나갔다. 그리고 마지막으로 어머니와 막내 면의 얼굴이….

'아, 어머니… 막내야….'

순간, 가슴이 찢어지는 것 같은 고통을 느꼈다. 작년 의금부 취조 후 얻은 토사곽란이 또 도진 것이었다. 장군은 가슴을 움켜잡은 채, 고통과 번뇌라는 심연으로 빠져들었다.

"크헉!"

입에서 피가 나왔다. 장군은 급히 탁자 위의 천으로 입을 틀어막았다.

'안 된다. 아직은 안 돼!'

살아야 했다. 아니 버텨야 했다. 왜적을 조선에서 모두 몰아내기 전까진 절대로 죽을 수 없었다.

장군은 그렇게 한동안 고통에 몸부림쳤다.

얼마나 시간이 흘렀을까? 정신이 혼미해지려는 그때, 전령이 찾아왔다.

"통제 대감님, 진 도독이 급히 찾으십니다요."

장군은 다급히 몸을 추스르며 되물었다.

"뭐, 뭐라? 무슨 일이냐?"

"그게… 군무에 관한 일이라 독대를 원하십니다요."

"음… 알았다. 어서 빨리 가자꾸나."

장군은 내장이 찢어지는 고통을 느끼면서도 태연한 척하며 일어났다. 부하들에게 약한 모습을 보일 수는 없는 노릇이었다.

그렇게 장군은 잠시 쉴 틈도 없이 바로 도독부로 향해야 했다.

장군이 도독부 막사로 들어서자 첸린이 두 팔을 벌리며 반갑게 맞았다.

"오, 어서 오시오. 이 공. 다름 아니라 중요한 첩보가 들어와 이렇게 다시 불렀습니다."

"무슨 일입니까, 도독?"

"류팅이 전령을 보냈소. 샤오시(고니시 유키나가)가 10일 상간에 순천 왜교성에서 철군한다는 첩보이외다."

"음, 그렇습니까?"

장군은 호들갑 떠는 첸린에 비해 지극히 차분한 어조로 답했다. 사실은 이틀 전, 일본 진영에서 탈주한 한 조선인으로부터 일본 사정에 들은 바가 있었기 때문이었다.

'풍신수길이 죽은 후 각지의 대명(大名, 다이묘)들이 서로 권력을 차지하기 위해 준비한다더니 참말인 모양이군.'

어쨌든 그렇게나 오래 틀어박혀 있던 고니시가 마침내 움직인다니…. 이는 천재일우의 기회임이 틀림없었다.

장군은 옅은 미소를 지으며 첸린에게 답했다.

"풍신수길이 죽은 후 또 다른 전란을 대비하기 위함이겠지요. 이는 도독의 무명(武名)을 떨치기 위해 하늘이 주신 기회임이 분명합니다."

"하하하, 어떤 연유로 그리 생각하시오?"

이순신 장군의 칭찬에 첸린은 짐짓 기분이 좋아진 듯 수염을 쓰다듬었다. 살짝 미소 띤 첸린의 얼굴을 본 장군은 기회를 놓치지 않고 말을 이었다.

"지난번 수륙양진책은 왜교성이 워낙 견고한 데다, 육군의 지원이 미미해 비록 실패했으나 이번에는 자신 있습니다. 도독, 다시 한번 북상해 왜교성을 포위하는 게 어떻겠습니까? 며칠만 지나면 왜적의 군량미가 떨어질 것이고, 그때 놈들이 바다로 나오면 총공격하는 겁니다."

"으음… 이번에는 승산이 있겠소?"

"현재 소서행장이 갖고 있는 병선의 수는 100여 척, 그것도 소형선이 다수입니다. 지난번 공격 때 50여 척을 분파해 전력이 많이 줄어든 상태… 무엇보다 자신들의 대장인 풍신수길이 죽어 사기는 바닥에 떨어졌을 터, 이 기회를 놓치면 평생을 후회할 것입니다. 더구나 이쪽은 칠천량 해전을 제외하면 연전연승을 한 조선 수군… 거기에 천병까지 원군으로 있으니 승리는 이미 따 놓은 당상입니다!"

장군이 뿜어내는 안광과 확신에 찬 열변은 첸린의 마음을 움직이기에 충분했다.

"하하하, 통제사께서 그리 나오시니 저도 결심을 하게 됩니다그려."

첸린은 크게 웃으며 의자에서 일어나 장군의 손을 잡았다.

"내 사실 절이도 승전 이후 통제사 말이라면 무조건 따르기로 했소이다."

첸린은 생긴 것처럼 능구렁이 같은 인물로 어느 쪽에 붙어야 이득을 볼지 본능적으로 아는 인물이었다.

원래 그는 조선에 부임한 초기만 하더라도 조선의 문관에게 개처럼 목줄을 채워 끌고 다닐 정도로 성격이 더러웠다. 이런 괄괄한 성격 때문에 맨 처음 이순신 장군과 만났을 때도 안하무인으로 행동하며 포악질을 해댔다. 물론 소위 천조의 도독으로 온 것이라 조선 사람들을 길들이려는 목적도 있었다.

하지만 지난 7월 있었던 절이도 해전을 겪으면서 생각이 완전히 바뀌었다. 이 해전에서 조선 수군은 명나라 수군의 도움 없이도 왜선 50척 완파, 50척 반파라는 대승을 거뒀다. 왜 함대의 위세에 눌려 멀찌감치 떨어져 관망만 하던 자신으로선 믿을 수 없는, 입이 떡 벌어질 결과였다.

커헉, 이, 이순신은 그야말로 해신(海神)이다!

그가 보기에 이순신 장군이 이끄는 조선 수군은 왜 수군은 말할 것도 없거니와 명 수군도 능가하는 동양 최강이었다.

가만… 이거 이순신과 한편을 먹는 게 오히려 더 유리하겠는데?

거기다 이순신 장군은 눈치까지 빨라, 알아서 왜선 6척과 수급 69개를 바쳤더랬다. 첸린으로선 그야말로 '꽁'으로 전공을 올리게 되었으니 이보다 더 좋을 순 없었다.

요컨대 조선 수군이 활약하는 걸 뒤에서 살짝 도와주기만 하고 나중에 숟가락만 얹으면, 그 전공은 올곧이 자신의 것이 되니 그게 가장 남는 장사였던 것이다.

이순신을 살살 구슬려 열심히 싸우게 하고 전공은 내게 챙긴다라… 캬, 역시 난 천재야.

절이도 해전뿐만이 아니었다. 지난달 초, 왜교성 공격 때는 아예 이순신 장군 덕분에 목숨을 건졌다. 크게 감명받은 첸린은 조선의 왕에게 이런 서신까지 보냈었다.

[이 통제는 그야말로 '經天緯地之才 補天浴日之功(경천위지지재 보천욕일지공)'의 인물입니다.]

'천하를 경륜할 재능이 있고, 하늘을 채울 만큼의 공이 있다'라는 극찬이었다.

장군 앞에 선 첸린의 행동이 첫날 시집온 새색시처럼 고분고분해진 건 바로 이러한 이유 때문이었다.

아, 물론 조선 수군이 명군보다 너무 큰 전공을 세울까 봐 가끔 출전을 막거나, 혹은 지난 달 순천왜성의 패배 때처럼 명군의 실책도 조선 장수들에게 떠넘겨 곤장을 치게 한 경우는 제외하고 말이다.

요컨대, 첸린은 자기한테 유리할 땐 '헤헤헤' 거리다가도 수틀리면 언제 표변할지 모르기 때문에 다루기가 꽤나 힘든 인물이었다. 그나마 노련한 이순신 장군 정도 되니까 이 정도로 제어하는 것이지만.

어쨌든 오늘은 기분이 좋은지, 첸린은 호기롭게 주먹을 쥐며 장군에게 말했다.

"이 공, 놈들이 물러날 때 바다에서 급습해 공을 세우도록 합시다!"

"도독께서 그리 말씀 주시니 기쁘기 한량없습니다. 쇠뿔도 단김에 빼라고 내일 바로 백서량(여수반도 남단 횡간도)으로 가서 진을 치시지요."

"하오, 하오. 알겠습니다. 그리하도록 합시다."

"감사합니다. 도독."

장군은 첸린에게 예를 올리며 감사를 표했다.

'위로연을 베푼 게 주효했던가?'

언뜻 봐도 첸린은 아직 취기가 완전히 가신 것처럼 보이진 않았다. 뭐 어떠랴. 이 기분 이대로 출전해 왜놈들만 무찔러 준다면야.

'드디어 왜놈들에게 복수할 기회가 왔다!'

무려 7년간이나 조선을 유린한 놈들이다. 거기다 임진년 침략 후 한동안 강화조약 한답시고 남해안에 웅거하고 있다가 5년 뒤에 다시 침략해온 놈들이었다. 그대로 살려 보냈다간 언제 다시 쳐들어올지 모르는 일. 명나라가 원군으로 온 지금, 최대한 많은 적들을 섬멸해야 했다.

장군의 온몸이 끓어오르는 피로 뜨거워졌다.

❖ ❖ ❖

해시(밤 9~11시), 순천왜성 혼마루 어전.

작은 호롱불이 크고 어두운 방을 간신히 비추고 있었다. 그 어둠 속에 고니시는 고독하게 앉아 있었다. 호롱불에 비친 옅은 윤곽으로나마 그의 표정을 겨우 읽을 수 있었다. 무미건조. 그는 넋이 나간 사람처럼 그저 반복적으로 로사리오(묵주)를 돌리고 있을 뿐이었다.

'デウス様どうか事が上手く行くよう願い申し上げます(데우스님, 제발 일이 잘 풀리도록 해주십시오).'

지난 7년 동안 수없이 많은 무고한 조선인들을 죽인 이 악귀도 자기 한목숨은 소중한지 신께 기도를 올리는 중이었다.

현재 고니시는 그야말로 독 안의 쥐, 그물 안의 물고기 같은 처지였다. 류팅에게 뇌물을 주긴 했으나 언제 저번처럼 표변할지 모르는 상황. 밥맛은 잃은 지 오래고, 신경은 무진장 날카로워져 있었다. 40대 초반에 불과했지만, 최근 신경쇠약으로 고생한 탓에 눈에 띄게 늙어 버렸다.

'순천은 일찌감치 포기했어야 했어.'

그는 점령지 중 가장 서쪽 외딴 이곳에 자신을 처박아 놓은 도요토미가 한없이 원망스러웠다.

'내가 여기는 그리 안 된다고 했건만… 영감탱이가 자기감정만

앞세워 일을 하니 이 모양이 됐지. 쯧쯧.'

원래 영토는 면으로 존재해야 한다. 점과 선으로는 한계가 뚜렷하다. 그런데 지금 일본 왜성의 분포는 점은 아니지만 그렇다고 면도 아닌 그저 선으로 연결되어 있다. 이래선 시간이 갈수록 각 성 간의 연결선이 마모될 것이었다. 어차피 일본군은 바다 건너온 원정군이다. 자체 생산이나 현지 보급에 한계가 뚜렷하다는 말이다.

하지만 전라도를 너무나 갈구하던 도요토미는 군을 물린 후에도 어떡해서든 발이라도 걸치기 위해 이곳 순천에 왜성을 짓도록 명령했더랬다. 그는 언젠간 순천을 발판으로 전라도를 재점령하겠다고 호언장담했었다. 하지만 이젠 소용없게 됐다. 저렇게 허무하게 죽어버렸으니 말이다.

'셴웨이찡(沈惟敬, 심유경)과 가짜 외교 문서를 꾸민 건 내 잘못이 아니야. 이 빌어먹을 전쟁을 끝내려면 어쩔 수 없었다고. 애초에 이 미친 짓을 계획한 영감탱이의 잘못이었어.'

계사년(1593) 이후 전투가 잦아든 시기, 주화파인 고니시와 셴웨이찡은 하루속히 전쟁을 끝내기 위해 명과 일본에 각각 위조된 강화문서를 건넸다. 하지만 병신년(1596), 도요토미가 이 희대의 국제 사기극을 알아차린 뒤, 두 사람이 주도했던 위험한 곡예는 결국 사달이 나고 말았다.

도요토미는 노발대발했다. 고니시는 거의 처형 직전까지 갔다가 겨우 목숨을 건졌다. 당연히 조선으로 재출병해 공을 세우라는 도요토미의 엄명을 거역할 수 없었다. 이것저것 따질 수 있는 처지가 아니었다.

이런 상황에서 도요토미는 순천만큼은 사수하라고 지시했다. 작년 이후 전황이 그리 불리한 데도 말이다. 전라도의 끝자락인 이곳은 도요토미로선 절대로, 절대로 포기할 수 없는 마지막 자존심이었다.

하지만 그 바람에 전선은 길어졌다. 최전선이자 최서단에 있음으로 해서 적들의 공격에 과도하게 노출된 상황. 뭐, 1~2년은 버틸 수 있을 것이다. 하지만 10년, 20년은? 불가능했다. 어차피 내 땅으로 못 만들 곳이면 미련 없이 버려야 했건만 도요토미의 고집, 그놈의 똥고집 때문에 애꿎은 병사들만 죽어 나간 셈이 됐다.

'이보슈, 영감탱이. 이제 만족하시오?'

고니시는 입을 삐쭉거리며 이제는 고인이 된 도요토미를 향해 빈정거렸다.

그때 후스마(미닫이문) 바깥에서 시종의 목소리가 들려왔다.

"도노, 말씀하신 손님이시옵니다."

"어, 그래? 알았다, 들라 이르라."

이윽고 후스마가 열리고, 한 사내가 들어왔다. 그는 20대 후반의 보통 키에 조선 옷을 입고 있었다. 고니시가 그를 보며 말했다.

"오느라 수고했다. 후미노리."

"그간 무탈하셨습니까, 세쓰노카미 사마(고니시의 관위)."

남자가 머리를 숙이며 절을 했다. 그의 이름은 후미노리 쥬베에. 조선에선 이문욱 혹은 손문욱으로 불리는 자였다. 그는 고니시와 그의 사위인 소 요시토시가 얼마 전 부랴부랴 조선에 심은 첩자였다. 서로군과 수로군에 의해 순천왜성의 고니시가 고립되자, 적들에게 '남해를 치라'는 거짓 정보를 주기 위해 일부러 침투시킨 세작이었던 것이다.

고니시가 후미노리에게 물었다.

"여기까지 오느라 힘들진 않았느냐?"

"총대장 류팅이 진중에서 기생을 끼고 노는 오합지졸입니다. 몰래 빠져나오는 게 뭐 어렵겠습니까?"

"하하하, 그도 그렇군. 그래, 남해 건은 어떻게 되어 가느냐?"

"다들 속았지만 역시 이순신은 안 속더이다."

후미노리가 씁쓸한 미소를 지으며 답했다. 고니시 역시 씁쓸히 웃으며 말했다.

"흠, 이젠 첸린에게 기댈 수밖에 없는 건가?"

"저번엔 거절했지만 흔들리는 눈치였습니다. 다시 한번 해볼 요량입니다."

원래 후미노리를 이용해 조선 조정을 농간하려던 작전은 작년에 세웠더랬다. 요시라를 이용해 이순신 파직이라는 '월척'을 낚았던 고니시로선 당연한 선택이었다. 그래서 사위인 소의 부하 중 적당한 놈을 고르기로 했다. 아, 이번에는 아예 과감히 조선 피로인 출신을 선택하기로 했다. 그래야 조선인들과 감정적으로 더 친밀할 테고, 조선 조정을 더 잘 이용할 수 있을 테니 말이다. 일본인이 아닌 게 좀 찝찝했지만, 일을 확실하게 하려면 조선 피로인인 게 낫다고 판단했다.

그래서 선택된 인물이 바로 후미노리 쥬베였다. 임진년에 일본군에 붙잡힌 조선인이지만 그동안 워낙 순왜로서 충성을 다했기에 믿음이 갔다.

이렇게 해서 고니시와 소는 후미노리를 이문욱이라는 이름으로 바꾸게 한 후, 조선 조정에 귀순을 타진하도록 시켰던 것이다. 이게 작년 4월에서 6월 사이의 일이었다.

그런데 웬걸, 그 직후 칠천량에서 조선 수군이 거의 전멸하는 대박이 터져 버렸다. 이 바람에 후미노리를 조선 조정에 침투시킬 필요가 크게 없어졌다. 그냥 정공법으로 살짝만 때려도 조선은 조만간 멸망할 테니 말이다.

그 이후의 전개는 알다시피 전라도와 충청도를 순식간에 휩쓸어 버린 것. 이때까지만 해도 정말로 조선을 정복할 줄 알았다. 승리에 도취한 이 시기, 고니시는 후미노리를 그냥 남해현감으로 임명했다.

하지만 아뿔싸! 직산에서 불의의 일격을 당하나 싶더니, 명량에서 결정타를 얻어맞고 말았다. 일본 수군이 그 빌어먹을 이순신에게 대파당한 것이었다!

결국 일본군은 후퇴할 수밖에 없었고, 고니시도 다시 순천으로 회귀해 성을 쌓았다. 그야말로 어떻게 시간이 흘렀는지 모를 정도로 정신없이 보낸 시기였다.

그런데 그때 한성에 보냈던 요시라가 감금당해 버렸다. 최고의 간자가 사라져버린 것이다.

거기다 올해 8월, 도요토미가 죽은 직후부터 상황이 급박해지기 시작했다. 조명연합군이 이른바 사로군을 편성해 순천, 사천, 울산을 공략해온다는 정보를 입수했기 때문이다.

큰일이었다. 지금은 일본군이 수세에 몰린 상황. 아무리 단속한다 해도 진중에는 이미 '다이코(도요토미 히데요시) 전하가 돌아가셨다'는 소문이 파다하게 퍼져 있었다. 뭐, 이미 적들까지 다 알고 있는 판에, 도요토미의 죽음은 '누구나 다 아는 비밀'이 되어버린 것이다. 따라서 병사들의 사기는 바닥을 기고 있었다.

고니시로선 지푸라기라도 잡아야 했다. 그때 문득 떠오른 게 후미노리였다. 녀석은 일본이 임명한 '남해 섬 현감'이니 어느 정도 무게감도 있고 해서 조선 조정이 군침을 흘릴 만한 존재가 될 것이다. 애초에 조선 조정은 일본군 상황을 알아내려고 혈안이 되어 있으니 말이다.

그렇게 고니시는 후미노리를 이용해 조선 조정을 농간할 작전을 다시 수행하기로 했다.

'목표는 서로군과 수로군의 공격 목표를 남해 섬으로 바꾸는 것!'

그렇게만 되면 바다로의 퇴로가 생기게 된다. 고니시는 그 틈에 도망칠 생각이었다.

바로 이러한 이유 때문에 지난 9월 중순, 후미노리를 시켜 부랴부랴 조선의 전라도 방어사와 접선하도록 시켰던 것이다. 그리고 그 결과는? 뭐, 첸린이 결정 안 했으니 모르지만 아직까진 희망이 있어 보였다.

"네가 수고가 많다."

고니시가 후미노리에게 말했다. 그런데 후미노리가 의미심장한 말을 해왔다.

"조선 왕이 오히려 적극적인 것 같습니다."

"오호, 조선 왕이 말이냐?"

"아시잖습니까? 조선의 임금이 누구보다도 이순신을 미워한다는 걸…."

"으하하, 그렇지."

고니시는 고개를 젖히며 한 번 크게 웃은 뒤 말을 이었다.

"만약 조명 수군이 남해로 함대를 물린 뒤 내가 도망가면, 조선 왕으로선 그보다 더 좋을 순 없겠지. 이 고니시라는 대어를 놓쳤으니, 이순신을 잡아들이는 데 핑계 대기 딱 좋잖나 말이다."

"그래서 그런지 조선의 좌상 이하 모든 관료들이 저를 극진히 대접했나이다. 뭐 일단 이순신은 거절했지만, 아직 첸린이 남았으니 기다려 보시죠."

후미노리는 지난달 직접 나로도까지 찾아가 이순신 장군을 만났었다. 물론 조선인 '이문욱'으로서 말이다. 하지만 역시 장군은 냉철했다. 명과 조선의 많은 관료들이 속아 넘어갔는데도, 장군만큼은 남해 공략 제안을 일언지하에 거절했다.

고니시는 예상했다는 듯 고개를 끄덕이며 말했다.

"알겠다. 내 이순신이 속아 넘어가리라곤 애초에 생각도 안 했다. 하지만 첸린이 남해로 가겠다고 한다면 제아무리 이순신이라도 별수 없겠지. 수고했다. 후미노리!"

"별말씀을. 만약 일이 성사되면 약조하신⋯."

"하다마다! 걱정하지 말고 가서 기다리고 있거라."

고니시는 후미노리의 말을 얼른 끊으며 선수를 쳤다. '녀석, 돈은 지독히도 밝히는군'이라는 표정이었다. 후미노리는 멋쩍은 듯 왼쪽 입꼬리를 올리더니 공손히 답했다.

"네, 알겠습니다. 그럼, 이만."

후미노리는 고니시를 향해 머리를 조아린 후 일어나 방문으로 향했다. 그런데 문밖을 나가기 전 다시 고개를 고니시에게 돌렸다.

"각하, 그런데 류팅에겐 좀 더 뇌물을 주시는 게 어떻겠습니까?"

"응? 왜 그러느냐? 뭔가 짚이는 거라도 있느냐?"

"딱히 그런 건 아닙니다만, 워낙 탐욕스러운 놈 아닙니까. 저번 강화청 때처럼 언제 표변할지 모르니까요. 명나라 놈들은 우리 일본 사람들처럼 신뢰가 안 가서⋯."

지난 9월, 류팅은 강화 협상을 하자면서 고니시를 강화청이라는 임시 회담 장소로 꾀었었다. 다행히 천주님의 도움으로 근처에 병사들이 매복해 있다는 사실을 알아채고 급히 되돌아오긴 했지만, 고니시로선 십년감수한 경험이었다.

'그렇지. 류팅은 믿을 수 없는 놈… 계속 뇌물 공세로 정신 못 차리게 해야겠지.'

고니시는 고개를 끄덕이며 동의했다. 그나저나 자신을 일본인이라고 하는 저 후미노리가 참으로 배짱 좋게 느껴졌다. 고니시는 웃으며 후미노리에게 답했다.

"하하하, 네가 진중에 있으니 나보다 잘 알겠지. 알겠다, 내 내일 성의를 좀 더 보이마."

"네, 알겠습니다. 그럼, 이만."

후미노리가 고개를 숙인 뒤, 문밖 어둠 속으로 사라졌다. 고니시는 그의 뒷모습을 보며 생각에 잠겼다.

'놈이 조선 출신이란 게 좀 꺼림칙하지만 지금처럼 위급한 상황에선 이것저것 가릴 처지가 아니니, 원….'

자기 앞에선 웃음을 보이지만, 후미노리가 언제 이해관계에 따라 조선에 붙을지 모르는 일이었다. 7년 전쟁은 이런 부류의 인간을 수없이 양산했다. 때에 따라 어디에도 붙을 수 있는 박쥐 같은 인간들… 구밀복검, 면종복배하는 인간들을 말이다.

하지만 고니시는 믿는 구석이 있었다.

'후미노리가 조선에 붙는다 해도 그건 조선 조정인 거지, 이순신은 아니거든.'

즉 조선 조정 또한 하루빨리 전쟁을 끝내고 이순신 문제를 처리하길 원한다는 뜻이었다. 요컨대, 적어도 이순신 문제에 한해서는 일본과 조선 조정은 뜻을 같이한다는 말이다.

'그러니 나로선 손해 볼 게 없지.'

역시 약재상 출신답게 이문에 밝은 고니시였다.

❖ ❖ ❖

같은 시각, 한양 정릉동 행궁.

— 휘이이잉.

매서운 바람이 귀신 소리를 내며 어두운 궁궐 전체를 휘저었다. 덕분에 안 그래도 으스스한 행궁이 오늘따라 더욱 싸늘하고 소름 끼치게 느껴졌다.

아, 아니다. 어쩌면 바람 때문이 아니라 바로 이 인간 때문에 소름을 느꼈는지 모른다.

'이른바 조선의 왕'인 이연, 훗날 감히 '선조(宣祖)'라는 얼토당토않은 묘호로 불릴 인물이다.

기실 그는 '나라를 망친 암군 중의 암군' 혹은 '백성을 배반하고 내부하려던 반역자' 혹은 '충신을 죽이고, 권력 유지에만 혈안이 된 희대의 모리배'라는 표현이 더 적절한 인간이었다.

정치에는 무능했지만 정치공작에 있어선 누구보다 뛰어났던 이연. 그는 지금 상념에 빠진 채 마당을 거닐고 있었다. 그 뒤로 초롱을 든 내시가 묵묵히 따라왔다. 초롱에 비친 이연의 얼굴은 백날 서린 노인네 그 자체였다. 올해 불과 46세인 이연이었지만, 왜란 동안 워낙 고생을 많이 해서인지 이렇게 늙어버린 것이다. 이연의 몸과 마음은 이미 만신창이가 된 상태였다.

만신창이가 된 건 임금뿐만이 아니었다. 조선의 백성이, 조선의 국토가 만신창이가 되어 있었다. 당연히 한양에도 궁궐이 모두 불타 왕이 기거할 곳이 없었다. 그래서 이곳 정릉동 행궁을 임시 거처로 정할 수밖에 없었다. 여긴 원래 월산대군의 사저였기에 한 나라의 궁궐이라 하기엔 초라했지만, 지난날 치욕의 몽진 시절을 생각하면 천당과도 같은 너무나 소중한 곳이었다.

"이 더러운 굿판도 끝날 때가 되었어."

이연은 혼잣말하며 밤하늘을 올려다봤다. 구름이 잔뜩 끼어 별이 보이지 않았다. 그 검은 밤하늘 위로 지난날 수많은 영욕의 순간이 주마등처럼 스쳐 지나갔다.

왜군이 침략한 뒤 20일 만에 한양이 함락된 일, 몽진할 때 동파역에서 굶주린 아전과 군사들이 자신을 위해 차린 수라상을 훔쳐먹은 일, 부랴부랴 광해군을 세자로 임명해 분조 시킨 일, 의주까지 몽진해 명나라에 내부하려 했던 일, 의병장 김덕령을 비롯해 여러 전쟁 영웅들을 죽이고 탄압한 일, 이순신을 파직시켰다가 칠천량에서 조선 수군이 몰살당하자 다시 그를 삼도수군통제사로 재임명한 일 등등.

그의 이런 치졸하고 사악한 짓거리 때문에 민심은 흉흉하기 그지없었고, 그는 늘 권좌를 잃을까 봐 좌불안석이었다. 더구나 자신은 정통성도 빈약한 조선 최초의 방계 출신 왕이 아닌가! 그래서 그런지 이연은 언제나 자기 잘못을 신하들에게 덮어씌웠고, 국가의 안위보다는 자신의 권력 유지에만 힘썼다.

또한 그는 평소 심질(心疾)을 앓았는데 이는 일종의 정신분열증이었다. 이런 이유로 그는 소위 '정여립 모반 사건'에 그토록 광분했던 것이리라. 이른바 '기축옥사'(1589)라 불리는 대참극. 이때 참변을 당한 희생자만 약 1,000명에 이르는데, 그 피해자 수는 무려 조선 4대 사화의 총합보다도 많았다.

더욱이 이 심질은 임진왜란을 거치면서 더욱 악화되었다. 사실 올해 초, 이연은 대신들 앞에서 스스로 이렇게 고백까지 했었다.

'심질이 더욱 극심해져서 전광증(顚狂症)으로 크게 부르짖으며 인사를 살피지 못하니 곁에 있는 자들이 놀라 탄식하지 않은 이가 없다.'

그래서 이연은 더욱 편집증적으로, 더욱 광적으로 권력에 집착했는지도 모른다.

그나마 천만다행으로 얼마 전 도요토미가 죽었다. 이연에겐 천운이었다. 전쟁은 곧 끝날 것이었다. 이제 남은 문제는 단 하나, '너무나 거대한 존재가 되어버린 이순신을 어떻게 처리하느냐'라는 문제만이 남아 있었다.

'이순신을 그대로 둘 순 없다. 백성의 민심이 더 쏠리기 전에 싹을 잘라야 한다.'

작년에 이순신을 파직시킨 것도 바로 이러한 이유 때문이었다. 그래서 '조정을 기망하여 임금을 무시한 죄' '적을 놓아주고 치지 않아 나라를 저버린 죄' '남의 공을 가로채고 무함한 죄'라는 걸 억지로 뒤집어씌운 후 압송했다.

하지만 이건 사실 표면적 이유일 뿐이고, 압송을 한 결정적 계기는 장군의 시 때문이었다.

이순신 장군이 쓴 〈한산도야음(閑山島夜吟)〉의 첫 구절에 '수국추광모(水國秋光暮)'라는 문장이 나오는데, 이게 이연의 역린을 건드린 것이다.

"수국추광모. 수국에 가을빛이 저문다고… 그 방자한 놈이 감히 내가 다스리는 나라 안에서 '수국' 운운해?"

이연이 팔자 주름을 지으며 나직이 중얼거렸다. 수국이라니, 수국이라니! 이는 분명 역심을 가졌다는 뜻이 아니겠는가.

아무리 졸장부라 해도 엄연히 한 나라의 왕인 자신으로선 당연히 이순신에 대해 이런 의심을 가질 만했다.

'월왕 구천은 문종(文種)을, 한 고조 유방은 한신을 토사구팽하

지 않았던가!'

왜놈들과의 전쟁 수행 때문에 어쩔 수 없이 이순신을 살려놓아야 하지만 민심이 워낙 그쪽으로 쏠리고 있으니 그냥 놔두면 두고두고 조정에 부담이 되는 이중적인 존재. 이 '양날의 검' 같은 이순신을 잘 처리하는 게 앞으로의 관건이었다.

이 문제로 계속 골머리를 앓던 이연에게 문득 떠오르는 인물이 있었다.

"그렇지. 장보고의 예가 있다. 장보고의 예가…."

이연은 고개를 들어 장보고라는 이름을 되뇌었다.

'해상왕 장보고.'

완도에 청해진을 세우고 사실상 독립 세력을 이루었던 장보고는 그 위세가 자못 왕을 능가했지만, 결국 문성왕이 보낸 염장이라는 자객에게 암살당했었다.

'이순신… 너도 계속해서 내 심기를 건드리면 장보고의 길을 걷게 될 것이다. 하지만 이런 나를 이해하라. 어쩌랴, 그것이 권력의 속성인 것을.'

이연은 자기 최면을 걸며 다짐했다.

'그래, 무엇보다 조종(祖宗)에서 물려주신 이 종묘사직을 지키는 게 최우선이다. 종묘사직만 지킬 수 있다면 뭐든지 할 것이다!'

그러나 종묘사직을 지킨다는 건 핑계일 뿐, 지금 그의 눈에 보이는 건 오로지 자신의 권좌를 지키는 것뿐이다. 백성이야 죽든 말든 알 바 아니었다. 어차피 저 하찮은 민(民)이라는 것들은 그저 통치의 대상일 뿐이니.

'그리고 그 종묘사직을 지키려면 내 권좌가 확고해야 한다. 그 누구도 내 권력을 넘봐선 안 돼.'

바로 그러한 이유 때문에 의병장 김덕령을 그렇게 모질게 고문하고 죽였던 것인지도 모른다. 물론 이연은 그 누구보다도 김덕령이 나라를 위해 헌신한 인물이란 걸 잘 알고 있었다. 하지만 그의 명성이, 그의 인망이 자신의 왕좌와 종묘사직을 위협한다면 반드시 꺾어야 할 존재였던 것이다.

그런데 지금의 이순신은 김덕령보다도 훨씬 큰, 그래서 훨씬 더 위험한 인물이었다. 거기다 이연이 '이순신'이라는 이름에 발작을 일으키는 또 다른 이유가 있었다.

'위학중의 주본 사건!'

'위학중의 주본'이란 바로 명나라의 급사중(給事中, 6부의 사무관장직)인 웨이쉬에쩡(魏學曾, 위학증)이 만력제에게 올린 글이다. 그 내용은 다음과 같았다.

[조선이 이미 제대로 왜적을 막지 못하여 중국에 걱정을 끼쳤으니, 마땅히 그 나라를 분할하여 두셋으로 나눈 뒤 왜적을 막아내는 형편을 보아 나라를 맡겨 조치하게 함으로써 중국의 울타리가 되도록 하소서.]

이는 이연에게는 청천벽력 같은 소리였다. 웨이쉬에쩡의 주장은 자칫 '이연을 폐위시키고, 유능한 장수를 골라 새 왕으로 삼으라'로 들릴 수 있었기 때문이다. 안 된다. 그것만은 안 된다. 민심을 잃어버린 지금 자신을 살려줄 유일한 동아줄인 명나라가 저리 나오는 건 정말로 위험천만한 일이었다.

이후 이연은 명나라에서 파견된 사신을 맞이해 온갖 아양과 아부를 떨어 겨우 사태를 마무리했었다. 그로선 정말이지 기억에서 지우고 싶은 흑역사였다.

그런데 최근 명나라 조정의 조짐이 심상치 않았다. 특히 명량대첩 이후 이순신에 대한 명나라 장수들의 칭찬이 워낙 자자했고, 만력제조차 이순신에게 관심을 가진다는 풍문이었다.

'내 그것만큼은 막아야지.'

이연은 입술을 꽉 깨물며 다짐했다.

― 휘잉~!

그 순간 찬바람이 흙먼지를 일으키며 휑하니 불어왔다. 동시에 어두컴컴한 건너편에서 한 사내가 다가왔다. 전령이었다. 이연 앞에서 무릎을 꿇은 전령이 머리를 숙이며 말했다.

"전하, 하명해주소서."

"오냐."

이연은 품에서 비간(秘簡, 비밀편지)과 고신(告身, 임명장)을 꺼내 전령에게 건넸다.

"지금 당장 순천으로 가 좌상과 도원수, 그리고 이문욱… 아, 이젠 손문욱이군, 아무튼 이걸 전해라."

"명 받들겠나이다."

서간을 받아 든 전령이 곧바로 궁문으로 내달렸다. 그의 뒷모습을 보며 이연이 씩 웃었다.

"암, 이 더러운 굿판도 어서 끝내야 하고말고!"

나로도 진지는 새벽부터 분주히 움직이는 조명 연합 수군 병사들로 시끌벅적했다.

"자자, 짚 더미랑 화약통도 빠짐없이 실었겠지?"

"그러믄입죠. 나으리."

수많은 인부와 병사들이 각종 무기와 군량, 화약통과 짚 더미들을 판옥선과 명나라의 복선, 사선에 실어 날랐다.

이미 대장선의 장대에는 이순신 장군과 송희립이 올라가 있었다. 장군은 나로도 진지를 보며 송희립에게 말했다.

"그동안 잘 머물다 가는군. 다음번에 들를 때는 꼭 소서행장의 머리를 갖고 와야 할 터인데."

"소서행장은 지금 살려고 발악하지만 그럴수록 자기 목을 스스로 조이는 게 될 겁니다. 더욱이 이번 승부는 바다에서 벌어질 터… 반드시 장군의 뜻대로 될 것입니다."

"음, 그래야지."

장군은 지긋한 눈으로 나로도 진지를 바라보았다.

몇 시간 후 정오.

"모두 승선했습니다!"

"출항 준비 완료!"

배 위에서 부관들이 외쳤다. 찬란한 태양이 조선 수군을 비추었다.

"돛을 펼치고 노를 저어라. 백서량으로 간다!"

"북을 울려라. 전군, 백서량으로!"

장군이 명령을 내리자, 고수가 북을 울렸고, 그에 맞춰 격군들이 노를 젓기 시작했다.

"어기야디야"

"어기여차!"

– 둥, 둥, 둥!

– 쏴아, 쏴아!

독전고와 함께 남해의 파도 소리가 점점 크게 들려왔다. 그렇게 조선 수군은 명나라 수군을 이끌고 백서량으로 향했다.

수평선을 지긋한 눈으로 바라보던 장군이 송희립에게 말했다.

"사로병진책이 실패한 건 잊어버리고 다시 한번 힘을 내세나."

"알겠습니다. 통제사또."

송희립이 대답했다.

장군은 뱃전에 부딪혀 부서지는 백파를 보며 생각에 잠겼다.

순간, 악몽 같던 지난 7년간의 일들이 눈앞에 펼쳐졌다.

특히, 작년과 올해에 걸쳐 왜적들이 보여준 광기는 그야말로 천인공노할 일이었다. 왜적들이 휩쓸고 간 자리에는 죽음의 흔적만이 남았다. 왜적들은 인두겁을 쓴 마귀들이었다.

산과 들은 두 번, 세 번이나 태워져 생명체라고는 조그마한 벌레조차 찾을 수 없었다. 왜적들은 조선 땅을 불임(不稔, 식물이 씨를 맺지 못함)의 땅으로 만들어 버렸다.

그들은 어린 자식들이 보는 앞에서 부모를 죽였다. 죽음의 의미를 모르는 어린 아기는 배가 고파 죽은 어미의 젖을 빨았다. 포로로 잡은 사람들은 단체로 목에 줄을 꿰어 짐승처럼 끌고 다녔다. 왜적들은 그 모습을 보며 또 낄낄 웃어댔다.

온 천지에 코가 잘린 시체들이 즐비했다. 귀가 잘리거나 목이 잘린 송장들도 부지기수였다. 시체에는 구더기가 득실거렸다. 어딜 가나 피비린내와 시체 썩는 냄새가 진동했다.

살아남은 사람들은 살기 위해 시체를 치웠다. 그리고 병에 걸렸다. 전염병이 퍼졌고, 죽음은 죽음을 불렀다. 마을 하나가 통째로 사라지기도 했다.

사람이 없어 농사를 짓지 못했다. 농사를 못 지으니 밥을 못 먹었다. 그래서 또 굶어 죽었다.

지난 200년간 소박하고 평화롭게 지내던 이 나라는 갈기갈기 찢어졌고, 철저히 유린당하여 결국 지옥으로 변했다.

장군 또한 직접적인 피해자였다. 어머니는 옥에 갇혔던 아들을 살아생전 마지막으로 보겠다고, 그 노구를 이끌고 오시다가 객사하셨다. 아산에서 가족을 지키겠다며 남아 있던 막내는 마을을 덮친 왜적들과 싸우다 죽고 말았다.

장군은 눈을 감은 채 끓어오르는 분노를 억제했다. 잠시 화를 삭인 후, 다시 눈을 떠 바다를 바라봤다.

'두 번의 실패는 없다. 이번에는 반드시 성공한다. 반드시!'

❖ ❖ ❖

사시(오전 9~11시), 순천 검단산성, 명나라 육군 제독 막사.

류팅은 고니시가 보낸 사신을 맞고 있었다. 두 명의 조선 기생을 양옆에 두고 저고리 안쪽에 손을 넣어 가슴을 주물럭거리면서 말이다. 류팅은 앞에 서 있는 왜 사신은 신경도 안 쓴다는 듯 기생들의 뺨을 비비며 말했다.

"如何, 心情好嗎(어떠냐, 기분 좋으냐)?"

"어머, 류 대인. 사람들 앞에서 이러시면 아니 되어요. 까르르르!"

얼굴에 홍조를 띤 기생이 교태를 부리며 웃었다.

왜 사신은 그런 류팅이 황당했지만 겉으로 내색할 순 없었다. 그는 헛기침을 함으로써 자신의 존재를 알렸다.

"어험, 어험. 류 대인, 고니시 님께서 보내신 선물입니다."

"응, 그래. 알고 있다."

류팅은 그제야 사신을 얼굴을 쳐다보며 말했다. 하지만 여전히 그의 두 손은 기생들의 젖무덤을 더듬고 있었다.

왜 사신도 이런 류팅에 이골이 났는지 그냥 자신의 임무를 시작하기로 했다. 그는 비굴할 정도로 정중하게 인사를 올린 뒤, 곧바로 무릎을 꿇고 뇌물을 바쳤다.

"일본 최고의 카타나와 창, 그리고 각종 보화입니다."

"허허, 뭘 또 이런 걸 보내느냐."

"아국과 대국 간의 신의를 쌓기 위함입니다. 편히 거두어주소서."

"하오, 하오. 그럼 잘 받겠네. 퇴각할 때 수급 2천을 놓고 가는 건 잊지 말게나."

"여부가 있겠습니까, 대인."

"지난번 '강화청의 일'은 잊어달라고 전하게. 전장에서 적으로 만났으니 당연한 것 아니겠나?"

류팅이 씩 웃으며 말했다.

‘강화청의 일’이란 지난 9월 20일, 류팅이 강화회담을 하자며 고니시를 꼬드긴 사건을 말한다. 그때 류팅은 강화청이라는 임시회담 장소에서 고니시를 불시에 체포하기 위해 군사들을 매복시켜 놓았었다. 하지만 매복 병사들이 너무 일찍 튀어나오는 바람에 고니시에게 들켰고, 고니시는 부리나케 순천왜성으로 되돌아가 버렸었다. 이후 왜성 앞에서 양측 간 교전이 벌어졌고, 이날에만 명나라 군사 300명이 전사했었다.

류팅의 말에 왜 사신도 알아들었다는 듯 화답했다.

“당연합지요. 저희는 그저 대인의 하해와 같은 은혜에 감사드릴 따름입니다.”

“좋다. 샤오시에게 철군은 걱정 말라 이르라.”

“핫!”

왜 사신은 몇 번이나 조아린 후 막사를 나갔다.

그가 나간 막사 출입문을 보며 류팅이 혼잣말했다.

“이로써 수많은 생명을 구하게 됐다. 이 의미 없는 전쟁에서 말이야.”

“호호호.”

“꺄르르.”

한어(漢語)를 알 리 없는 기생들은 그저 웃으며 류팅의 양쪽 가슴을 쓰다듬었다. 물론 갑옷을 입고 있어 맨살은 아니었지만. 그리고 곧 기생들의 손은 류팅의 사타구니 쪽 불룩 튀어나온 곳으로 향했다. 기생들이 낭심을 조몰락거리자, 류팅은 기분 좋은 듯 눈을 스르르 감았다. 올해 딱 40인 그는 아직 성욕이 왕성했다.

'전쟁할 필요가 뭐 있나? 이렇게 시간만 때우다 가면 되는 거지.'

류팅도 그 나름대로는 전투에 나서지 않는 이유가 있었다. 여기 와서 경험해보니 왜병은 과연 살인귀라는 소문처럼 전투에 특화된 족속이었다. 당연히 명나라 각지에서 억지로 긁어모은 오합지졸로선 싸우면 싸울수록 큰 피해를 입는 상황이었다.

거기다 순천왜성은 동·남·북이 바다로 둘러싸인 천연의 요새. 그나마 유일하게 육지와 연결된 서문은 해자로 방어가 된 데다 그 앞은 갯벌이라 공격하기가 여간 어렵지 않았다.

개전 첫날, 반나절 만에 명나라 기병 300이 전멸한 건 갯벌 앞에 깔린 능철(네 방향으로 뾰족한 못) 때문이었다. 기병으론 힘들어 며칠에 걸쳐 공성 무기를 만들어 공성전을 하기도 했다. 그랬는데 이번에는 왜적들이 화공으로 대응했다. 그래서 역시 반나절 만에 1천이 넘는 병사를 잃어버렸다.

결국 류팅이 내린 결론은 하나였다.

'싸우지 않고 지연 작전으로 간다.'

등가 비율로 봤을 때도 싸우지 않는 게 오히려 이득이었다. 왜 냐하면 왜성들은 다들 연안에 지어져 갯벌을 지나야 하는데 왜적은 해적 출신이 많아 연안 전투에 최적화된 반면, 명 육군은 산골

짜기나 평원에서 말만 몰던 기병 위주라 최약체 병과가 되어버렸기 때문이었다. 이러한 이유로 연안의 공성전에선 왜군 1명이 명군사 4~5명을 능히 대적할 수 있었다.

여기에 더해 왜성들은 또 얼마나 견고한지! 1만의 군사를 몰고 가도 그저 의미 없는 어육이 될 뿐이었다. 그러니 명군 내에 제대로 싸우려는 장수들은 없다고 봐도 무방했다.

거기다 당시 육군과 수군의 불화는 임계점을 향해 치닫고 있었다. 애초에 쓰촨 출신이 많은 육군과 광둥 출신이 많은 수군은 지역감정부터 좋지 않았던 터라 쌍방 간 불신이 극에 달해 있었던 것이었다.

하지만 어찌 보면 이건 당연한 것이었다. 대부분 '양전음화'를 택한 명나라 장수들로선 이미 왜적이 철수를 결정한 마당에 굳이 애꿎은 자국 병사들의 목숨을 낭비할 필요가 없었으니까.

열심히 싸우는 첸린 같은 장수는 극히 드문 경우였다. 이 첸린의 경우마저도 원래는 몸을 사리다가 이순신 장군이 이끄는 조선 수군의 역량에 탄복한 이후, 자신의 전공을 쌓는 데 유리하다고 보고 그냥 조선 수군에 묻어가는 경우였다.

그 와중에 동로군, 중로군이 모두 패배했다는 소식이 전해졌다. 특히 동이위안(董一元, 동일원)이 이끄는 중로군의 경우, 전사자가 1만 명에 달한 만큼의 대참패였다. 이게 결정타였다. 서로군의 사기는 땅을 뚫고 지하로 곤두박질쳤다. 진중에는 온갖 괴담이 퍼졌다. 병사들은 삼삼오오 모여 '류팅이 겁을 먹었다'는 둥, '고니시로부터 뇌물을 얻어먹었다'는 둥 뒷담화를 해 댔다. 서로군은 그야말로 오합지졸…. 장수부터 병사까지 모든 구성원이 전의를 상실해 더 이상의 전투가 불가능할 지경이었다.

거기다 고니시는 순순히 물러나겠다고 했다. 더더욱 싸울 필요가 없었다. 이런 이유 때문에 류팅은 철군을 결정하고 수로군에게도 철수명령을 하달했던 것이다.

하지만 뜻밖의 상황이 기다리고 있었다. 남원에 있던 감군이 류팅을 보며 패배한 채 되돌아왔다며 펄쩍 뛴 것이다. 이 패전소식이 명나라 황제에게 들어가면 큰일날 터였다. 주색에 빠져있는 황제는 역설적이게도 화려한 승리를 원하고 있었다.

결국 류팅은 11월 초에 다시 순천왜성을 치기 위해 남하해 검단산성에 진을 쳐야 했다. 하지만 이번에도 그의 전략은 바뀌지 않았다. 바로 양전음화! 더욱이 그는 왜군과 물밑으로 강화 협상을 하면서, 고니시로부터 뇌물도 넉넉히 받아 챙기고 있었다. 당연히 진짜로 싸울 마음은 추호도 없었다.

그럼에도 불구하고 수군은 명목상 참전시켜야 했다. 류팅은 마지못해 수군에게도 5~6일 치의 군량을 챙긴 후 함께 참전하도록 전령을 보냈다.

'흥, 다들 잘 알지도 못하면서 나보고 싸우지 않는다고 투덜대는 꼴이라니.'

다시 눈을 뜬 류팅이 왼쪽의 기생을 보며 속삭였다.

"그래도 어떡하든 싸우고 있다는 흉내는 내야지. 안 싸우고 군량만 축낸다는 보고가 황제한테 들어가면 자칫 목을 잃을 수도 있으니까. 거기다 좋은 고과를 받아야 나중에 논공행상 때도 좋은 거고."

류팅이 기생의 귓밥을 깨물었다. 기생은 간지럼을 타며 앙탈을 부렸다.

"까르르, 간지러워요."

"다 먹고 살자고 이 짓 하는 게 아니겠나? 이게 다 나의 깊은 뜻이라고."

류팅이 이번에는 오른쪽 기생을 보며 말했다.

"남의 나라까지 와서 목숨 잃을 게 뭐 있나? 좋은 게 좋은 거지."

"호호호."

"첸린도 참 웃기는 작자야. 아니 명나라 장수 중 왜군과 싸우길 원하는 자가 몇이나 있나? 사람이 출세욕이 있는 것도 어느 정도라야지, 원."

류팅은 한번 숨을 고른 후 이번에는 이순신 장군을 씹기 시작했다.

"그리고 조선의 그 이순신이라고 했나? 아니 그놈은 왜군이 스스로 물러나겠다는데 왜 무리해서 공격한다고 지랄이야, 지랄이."

류팅은 입으로는 두 사람을 욕하면서, 손으로는 양쪽 기생들의 사타구니 위를 더듬었다.

"어머나, 제독. 이러시면….”

"까르르."

두 기생이 몸을 뒤틀며 교태를 부렸다. 류팅은 기생의 가슴 무덤에 얼굴을 파묻으며 껄껄 웃었다.

"하하하, 자고로 전투는 말이야 몸이 아니라 머리로 하는 거거든."

"아, 하아….”

류팅은 어느새 오른쪽 기생의 치마를 들치고 그녀의 가운데 습한 곳을 더듬었다. 뒤이어 그녀의 저고리를 풀어 헤치며 중얼거렸다.

"내 그래서 너희 왕에게 진을 물린다고 하지 않았겠니? 왕 참정(參政, 부대 감독관)도 날 억지로 보내는 척했지만, 사실 그놈도 왜놈들과의 강화를 강력히 바라고 있지. 모든 건 계획대로 잘 흘러가고 있다고. 흐흐흐."

❖ ❖ ❖

술시(밤 7~9시), 한양의 정릉동 행궁 별전.

이연이 조촐한 술상을 앞에 두고 윤두수, 윤근수 형제와 마주보고 있었다. 이연은 그들을 한 번씩 쓱 훑어보더니 운을 뗐다.

"남쪽의 백성들이 이순신을 어버이처럼 따른다고 하는데 사실인가?"

이에 윤두수가 뭔가 말하려 했지만, 눈치 없는 윤근수가 발동이 걸려버렸다.

"네. 여러 경로로 소문을 들어보니 사실인 듯합니다. 매일 수많은 사람이 군량미에 온갖 음식을 바치고, 순신의 휘하가 되고자 주사(수군)에 지원한다고 합니다."

윤근수의 말이 채 끝나기도 전에 이연의 눈이 가늘어지면서, 팔자 주름이 진해졌다. 분위기가 싸해졌지만, 취기가 오른 윤근수는 분위기 파악을 못 하고 말을 이어 나갔다.

"비록 몇 가지 과오가 있으나, 소인이 보기에도 이순신은 경영의 귀재이옵니다. 우리끼리 말이지만, 그가 도와주지 않았다면 조정이 어찌 버틸 수나 있었겠습니까?"

그 말을 듣는 순간 이연의 얼굴이 일그러졌다. 하지만 윤근수의 말은 사실 그대로였다.

이순신 장군은 삼도수군통제사가 된 이후 한반도 남해와 서해의 연안 지대를 직접 관할했는데, 이는 사실상 하나의 독립된 나라였다. '이순신'이라는 이름만으로도 전국 각지에서 백성들이 몰려들었고, 조선 200년 동안 방치되어 온 해변의 미개척지를 개간해 미곡 생산량이 급격히 증가한 덕에 군량미도 든든히 준비할 수 있었다. 어디 그뿐이랴. 군민이 합심해 소금과 화약도 자체 생산할 수 있게 됐고, 해안가라는 특성을 살려 각종 해산물을 타지역에 공급해 돈을 벌었다. 장군이 이끄는 조선 수군이 연전연승한 건 결코 우연이 아니었다. 장군과 백성이 힘을 합쳐 이룬 병참의 지원이 있었기에 가능했다.

이순신 장군은 단순히 전쟁의 신이었을 뿐만 아니라 경영의 신이었던 것이다!

당연히 장군이 '다스리는' 이 지역은 이연의 조정보다 훨씬 안정되고 풍족한 곳이 되었다. 그것도 불과 4년 만에, 전란 중이라는 엄혹한 상황에서, 조정의 지원 단 한 푼도 없이 말이다! 나중에는 오히려 주객이 전도되어 심지어 통제사 관할 구역에서 생산되는 소금과 종이 등을 한양 조정에 보내기까지 했다. 조총까지 자체 개발해 진상했으니 말 다 했지. 자연스레 백성들은 장군을 따르게 되었고, 이런 현상은 이연을 더욱 격분시켰다.

"그러니 남쪽의 백성들이 순신을 어버이처럼… 큭!"

순간, 윤근수의 말이 끊겼다. 옆에 있던 윤두수가 반상 아래로 다리를 친 것이다. 윤두수는 자기 동생을 매섭게 노려본 후, 표변해 살살 웃으며 이연에게 말했다.

"허허, 전하. 그럴 리가 있겠습니까? 좌찬성(윤근수의 관위)이 허튼 소문을 듣고 말하는 것입니다. 심려치 마옵소서."

윤두수가 입에 발린 소리로 분위기를 반전시키려 했지만, 이연의 얼굴은 이미 완전히 구겨질 대로 구겨진 후였다. 그런 임금의 얼굴을 보고 윤두수가 동생 윤근수를 날카롭게 째려보았다.

'어이구, 이 화상아….'

"어험, 어험."

윤근수는 헛기침하며 고개를 숙였다. 평소에도 그는 경망스럽다고 소문이 났는데, 그게 얼마나 심했으면 심지어 《선조실록》에도 이런 기록이 있다.

[사람이 경망하고 조급하여 재상으로서의 자질이 없다.] (선조 31년 9월 17일 두 번째 기사)

그제야 분위기를 파악한 윤근수는 뒤늦게 사태를 수습하기 위해 안간힘을 썼다.

"순, 순신의 명성이 높다고는 하나 한낱 장수에 불과하옵니다. 어리석은 백성 일부가 고마워서 그런 것일 뿐, 그들의 어버이는 오직 주상뿐이신데 너무 심려치 마옵소서. 전하."

하지만 이연은 그를 쳐다보지도 않은 채, 빈정거리는 표정으로 입을 삐쭉거렸다. 마치 이렇게 말하는 것 같았다.

'늦었다. 이놈아.'

이연은 알고 있었다. 백성의 민심이 이순신에게로 향하는걸. 그러니 그도 대응해야 했다.

이연은 술 한 잔을 들이켠 뒤 입을 뗐다.

"내 그래서 손문욱에게 밀지를 보냈소."

"네? 손문욱이라 하심은….”

"아, 이문욱 말이오. 얼마 전 손 씨 성을 하사했소."

이연의 말에 윤 형제가 눈을 동그랗게 떴다. 이연은 입꼬리를 살짝 올리며 답했다.

"백성이 이순신을 어버이처럼 따른다면 그게 왜란보다 더 큰 문제 아니겠소? 내 손문욱보고 이 통제의 일거수일투족을 잘 감시하라고 일렀소. 하하하."

이연은 턱수염을 쓰다듬으며 크게 웃었다. 윤 형제는 놀란 눈으로 그를 바라볼 뿐이었다.

3. 동짓달 열흘(11월 10일):
폐허가 된 전라좌수영 터

사시(오전 9~11시), 여수반도 남단 전라좌수영.

조명 연합 수군은 마침내 좌수영 앞바다에 도착했다. 하지만 안타깝게도 전라좌수영은 정유년 왜적들의 침입으로 쑥대밭이 되어 있었다. 그럼에도 불구하고 무너진 진지는 다시 세워야 했다. 어떡해서든 삶은 계속되어야 했기에.

"자자, 빨리 움직이게."

"예!"

모두 가마솥과 군량, 각종 짐을 옮기고 임시 가건물을 짓느라 분주히 움직였다. 이순신 장군은 그런 병졸들을 지휘하던 중 문득 상념에 빠졌다.

'모든 게 이곳에서 시작되었다.'

생각해보면 임진년 그 엄혹한 시기… 나라가 존망의 기로에 선 그때, 이 작은 전라좌수영에서 뻗어 나간 실낱같은 희망이 나라를 되살린 격이 됐다. 실로 감사한 땅이다.

'6년 전 일이지만, 아직도 어제 일처럼 생생하다.'

거북선을 처음 만든 곳도 이곳이었다. 정읍현감에서 진도군수에 임명되었지만, 부임하기도 전에 가리포첨사로, 다시 부임도 하기 전에 전라좌수사로 여기에 온 장군으로선 그야말로 애틋한 곳이기도 했다.

이곳에서 1차로 출정해 옥포, 합포, 적진포 해전을 치렀다. 그리고 2차 출전 때는 사천, 당포, 당항포, 율포 해전을, 3차 출전 때는 저 유명한 한산도 대첩과 안골포 해전, 4차 출전 때는 부산포 해전을 치렀다. 결과는 연전연승으로, 조선은 기적같이 부활할 수 있었다.

하지만 안타까운 죽음도 있었다.

'아, 창진(昌辰, 정운의 자)….'

부산포 해전 때 몇몇 장병들과 함께 뛰어난 장수였던 정운을 잃었다.

'그 장하고 늠름하던 정운도 이젠 불귀의 객이 되고 말았다….'

장군은 정운을 떠올리다 그만 울컥하고 말았다. 불현듯, 예전에 정운을 위해 지었던 제문의 마지막 구절이 머릿속에 떠올랐다.

如君忠義 吉金罕聞 爲國忘身 有死猶生.

(그대 같은 충의는 고금에 드물었으니 나라 위해 바친 몸은 죽었으되, 오히려 살았다네.)

특히 '나라를 위해 바친 몸은 죽었으되, 오히려 살았다네'라는 글귀가 계속 귀에 맴돌았다. 사실 이 문장은 작년 명량 해전 때 장병들 앞에서 말한 '必死則生 必生則死(죽고자 한다면 살 것이요, 살고자 한다면 죽을 것이다)'와도 연결되는 문구였다.

'창진, 그대는 전사했으나 우리들 마음에 영원히 살아남았다오.'

순국열사들이 어찌 정운뿐이겠는가? 장군은 정운과 함께 전몰한 수많은 이름 없는 병졸들 또한 가슴에 품었다. 그들 모두 살아남은 자들에게 영원히 기억될 터.

'그대들을 위해서라도 반드시 이 나라를 재건하겠소.'

장군은 마음속으로 다짐에 다짐했다.

이후, 장군은 부하 장수들과 함께 순시에 나서기로 했다. 송희립, 나대용, 이언량, 이영남 등이 장군을 뒤따랐다. 이미 지난 9월, 순천왜성을 공격하기 직전 이곳에 기항했기에 그 참담함은 익히 알고 있었다. 그런데도 끝없이 펼쳐진 참혹한 광경을 다시 보니 가슴이 미어졌다.

이언량이 이를 갈며 분노했다.

"왜적 놈들이 아예 아작을 내버렸구먼요."

올해 39세인 그는 듬직한 덩치만큼이나 담력이 센 타고 난 장수였다. 임진년의 저 유명한 옥포 해전 때는 돌격장으로서, 그리고 2차 출전 때인 당포 해전 때는 최초의 거북선 돌격장으로서 왜적들을 무찌른 영웅이었다.

이언량의 말에 다들 울분을 터뜨리며 한마디씩 더했다.

"이곳이 놈들에겐 그야말로 원한이 서린 곳일 테니…."

"하아… 씹어 먹어도 시원찮을 놈들."

분통을 터트리는 부하 장수들을 뒤로한 채, 한동안 묵묵히 주변을 살피던 장군이 잠시 후 담담하게 장수들을 보며 말했다.

"후… 그럼 이제 굴강으로 가보세나."

장군은 부하들과 함께 굴강으로 향했다.

굴강에는 거북선을 만들었던 선소가 있었다. 하지만 불행히도 이곳 역시 왜적들에 파괴된 후, 오랜 시간 방치되어 여느 곳처럼 폐허가 되어 있었다. 선소창(수군 지휘소)과 풀뭇간(칼과 창을 만들던 곳), 세검정(칼과 창을 갈고 닦았던 곳) 등이 모두 불타고 쓰러진 채 황망히 겨울바람을 맞고 있었다.

이언량이 고개를 저으며 말했다.

"그저 거북선이 없는 게 한일 뿐입니다."

이언량의 푸념에 장군도 동의한다는 듯 고개를 끄덕였다.

"음, 그렇다네."

만일 지금 본영귀선, 순천귀선, 방답귀선 등 세 척의 거북선만 있었더라도 전투는 훨씬 더 수월했으리라.

'칠천량에서의 패전이 너무나 뼈아프다.'

장군이 백의종군하던 그 시기, 왜군은 칠천량에서 조선 수군을 거의 전멸시켰다. 이후, 임진년의 패배를 설욕이라도 하려는 듯 남해안 전역을 쑥대밭으로 만들었다. 그중에서도 조선 수군의 상징과도 같은 이곳 전라좌수영은 왜적들의 좋은 먹잇감이 되었다. 그들은 이리떼가 사슴을 짓이기고 물어뜯듯, 철저하게 좌수영을 짓밟고 파괴했다.

그때 불현듯 한 인물이 떠올랐다. 원균이었다.

'아, 원 공. 어쩌다 그리되었소? 이게 원 공이 원하던 것이오?'

잿더미로 변해버린 진해루를 보니 수군 전체를 수장시킨 원균을 원망하지 않을 수 없었다.

살아생전에는 그와 참 충돌도 많이 했더랬다. 하지만 이젠 싸우고 싶어도 싸울 수 없는 고인이 된 상황. 장군은 조용히 구원(舊怨)의 감정을 접어 가슴 속 깊이 넣기로 했다. 일단은 눈앞에 놓인 문제를 해결하는 게 급선무였으니까. 지난 일은 훌훌 털어버리고 다시 일어나야 했다.

장군은 은은한 미소를 띠며 장수들에게 말했다.

"그래도 작년 이맘때에 비하면 괄목할 만한 성장 아닌가? 남해 끝자락까지 밀렸다가 기어코 여기까지 왔으니."

그 말에 장수들 모두 고개를 끄덕였다.

사실 지금 생각해도 아찔했다. 작년 7월 칠천량에서의 재앙 이후, 전선은 밀리고 밀려 남해안 서쪽 끝자락까지 밀려버렸다. 그 끝자락인 명량에서 기적 같은 승리를 일궈낸 후에도 적의 동태를 살피고, 전력을 보충하기 위해 서해안인 당사도를 거쳐 고군산도까지 가야 했다.

그나마 하늘의 도움으로 올해 7월, 절이도 해전에서 승리함으로써 고흥반도까지 전선을 앞당길 수 있었다. 8월 도요토미의 죽음 이후에는 왜군의 활동이 눈에 띄게 위축되어, 마침내 여수반도 인근을 최전선으로 삼을 수 있게 됐다. 고작 12척의 배밖에 안 남은 절망적인 상황에서도 기어코 조선 수군은 이곳까지 온 것이다. 당사자들조차 직접 체험했음에도 불구하고, 도무지 믿기지 않는 기적이자 천행이었다.

장군은 마치 어버이와 같은 표정으로 장수들을 바라보며 말했다.

"왜적을 물리친 후 하루빨리 이곳을 재건해야 할 걸세."

"알겠습니다. 통제사또."

장군의 말에 다들 엄숙한 표정으로 답했다.

뒤이어 장군은 동남쪽의 고음천을 바라보았다. 예전에 어머니를 모셨던 곳이다. 그땐 전란 중에도 소소한 행복을 느낄 수 있었다. 뒤이어 아내의 얼굴도 떠올랐다. 아내에겐 특히 미안했다. 몸이 아픈 줄 뻔히 알면서도 찾아보지도 못한 못난 남편이었으므로.

어머니와 아내가 바로 앞에서 미소를 짓는 듯했다. 순간 장군은 울컥했다. 하지만 입술을 꽉 깨물고 눈물을 참았다. 부하들 앞에서 약한 모습을 보일 순 없었으니까.

한참이나 감정을 추스른 장군이 부하 장수들을 보며 말했다.

"자, 이제 진해루 쪽으로 가보세."

좌수영 본영이었던 진해루는 역시나 흔적도 없이 타버렸다. 한산도 통제영으로 이진하기 전, 장수들과 작전 회의를 하던 곳이라 더욱 안타까웠다. 장군은 무거운 마음으로 옛 진해루 터를 둘러보았다. 검게 그을린 잔해만이 남은 그곳을 걷고 있자니, 마음속 깊은 곳에서 울분이 끓어올랐다.

그래도 그 울분을 삭인 장군이 진해루의 잔해더미를 살피던 이영남에게 말했다. 당시 경상우수영 소비포권관이었던 그는 현재 가리포첨사가 돼 있었다.

"임진년 때, 이 첨사가 여기서 내게 출전을 요청했던 게 기억나는군."

"그땐 정말 절체절명의 순간이었습니다. 엊그제 같은데 벌써 6년이나 흘렀군요."

이영남도 당시의 순간이 생생히 기억나는 듯 답했다. 나라가 망하기 직전, 경상우수영에 있던 그는 원균과 함께 목숨 걸고 전라좌수영으로 와서 피를 토하는 심정으로 장군께 출전을 요청했다. 당시 조정의 허락이 있어야 했고, 또 전라우수영의 합류를 기다려야 했기에 출전일은 계속 미뤄질 수밖에 없었는데, 그때 얼마나 속이 타들어 갔는지 모른다.

그래도 많은 우여곡절 끝에 어쨌든 출전할 수 있었고, 백척간두의 상황에서 나라를 구할 수 있어서 천만다행이었다.

나라가 왜적에 의해 쑥대밭이 된 그때, 왜적이 파죽지세로 한성까지 다다른 그때, 임금은 백성을 버리고 몽진을 한 그때, 이곳에서 싹튼 작은 기적이 나라를 구한 것이다.

그렇듯 조선 수군의, 아니 조선이란 나라 자체의 성지와도 같은 이곳이 폐허가 되어 버렸다. 이영남은 울분을 간신히 참으며 장군께 말했다.

"조선 수군의 기적이 일어난 곳인데 이렇게 되어 버렸군요."

"그러게 말일세."

장군은 짧게 대답한 후, 계속해서 잔해더미를 둘러보았다. 작년은 정말이지 조선 수군에겐 최악의 해였다. 왜적의 간계와 조정의 오판으로 수군 대부분이 전몰했으니 말이다. 그 때문에 이곳 전라좌수영도 덩달아 폐허가 되고 말았다. 억장이 무너질 일이었다.

이영남이 말을 이었다.

"많은 분이 이곳 진해루처럼 사라지셨습니다. 원 통제사도, 전라우수사도 말입니다."

"…."

이순신 장군은 말없이 그저 고개만 끄덕일 뿐이었다.

아끼던 정운도, 이억기도, 경멸했던 원균도 이젠 이 세상 사람이 아니다. 휴전기(1593~1596) 때 수많은 조선 수군이 역병과 기아로 죽어 나갔다. 나라 전체로 보면 2백만의 백성이 죽었다.

아침에 눈을 뜨면 하루 종일 듣는 소리가 '윗동네 누가 죽었네' '아랫동네 누가 죽었네'가 되어 버렸다. 죽음은 어느새 일상이 되어 있었다.

자신도 언제 그들처럼 하루아침에 죽을지 모른다. 그 '죽음'은 아침이든 저녁이든, 언제나 옆에 찰싹 달라붙어 혐오스러운 귓속말로 속삭였다.

언제든 죽을 수 있다는 그 공포감. 이건 실제로 겪어보지 않은 사람은 모른다. 편안하게 방구석에서 '죽음이 두렵지 않다'라고 말하는 건 쉽다. 하지만 그건 거짓말이다. 누구나 죽는 건 두렵다.

그러나 그 두려움에 굴복할 순 없었다. 장군은 그 두려움을 극복하기 위해 매 순간 기도하고 마음을 다잡았다. '죽으면 죽을 뿐이다'라거나, '내 목숨은 나라의 것'이라면서 말이다.

그리고 깨달았다. 죽음의 공포를 이기기 위해선 감정이란 걸 버려야 한다는 것을.

'흔들려선 안 된다.'

감정이라는 걸 버려야 했기에 당연히 슬픔이란 것도 느낄 수 없게 됐다. 아니 어쩌면 작년에 어머니와 막내를 잃어버렸을 때, 그

감정을 다 소진해 버린 것인지도 모른다. 감정을 느낀다는 것 자체가 사치였다. 전란은 이토록 사람의 마음을 메마르게 만들었다. 장군은 다시는 전란 이전으로 돌아갈 수 없다는 걸 절실히 깨닫고 있었다.

그래서 그런지 폐허가 된 진해루 터를 봐도 더 이상 슬프지 않았다. 장군은 그런 자신에게 놀랐다. 하지만 사실이었다. 장군은 그저 담담히 이 상황을 받아들이기로 했다.

그 대신, 머릿속에는 오로지 한 생각만이 맴돌고 있었다. 작은 콩알 같던 그 생각은 점점 커지더니 회오리바람이 되어 장군을 지배했다. 그리고 그 회오리바람은 어느새 거대한 태풍이 되어 온몸을 휘젓고 있었다.

'한 놈의 왜적도 살려 보내선 안 된다. 무슨 일이 있어도.'

장군의 마음속에서 우레와 같은 천둥번개가 쳤다. 하지만 그 반대로 표정은 잔잔한 호수처럼 너무나 평온해 보였다.

장군이 장수들을 바라보며 말했다.

"자, 이제 그만 가세나. 진해루를 이렇게 만든 왜적들에게 복수해야지."

"하하, 알겠습니다. 통제사또."

"본때를 보여줘야지요."

호응하는 장수들의 눈이 밝게 빛났다. 장군은 그들이 참으로 대견스럽게 느껴졌다.

"내일 전광석화같이 묘도로 향할 테니 오늘 푹 자두게."

장군의 말을 들은 장수들이 고개를 끄덕였다. 묘도는 순천왜성 바로 코앞의 섬. 장수들은 장군의 저의를 단번에 알아차렸다. 지난번 1차 순천왜성 전투 때는 실패했지만, 이번에는 반드시 성공해야 한다는 뜻이었다. 따라서 이번 작전은 봉쇄 작전이 될 가능성이 높았다. 평소 자신들에게 무한대의 애정을 보여준 장군이었기에, 그에 보답하기 위해서라도 이번 작전에 열심히 임해야 했다. 부하 장수들 모두 의기양양하게 외쳤다.

"알겠습니다. 통제사또, 맡겨만 주십시오!"

"죽을 각오로 임하겠습니다!"

"알겠네. 내 자네들만 믿으이."

장군은 미소를 지으며 각 장수들의 어깨를 두드렸다. 그렇게 조선의 위대한 전사들은 핏빛 석양을 뒤로하고 막사로 향했다.

❖ ❖ ❖

유시(오후 5~7시), 순천에서 동쪽 뱃길로 127리 떨어진 사천 왜성의 시마즈 진영.

"빨리빨리 움직여라이!"

"하, 하잇!"

64세의 노장인 시마즈가 걸쭉한 사츠마 사투리를 내뱉으며, 선착장에서 부하들을 채근하고 있었다. 백발의 작은 노인이었지만, 가늘고 길게 찢어진 뱀눈은 언제라도 먹이를 낚아챌 야수처럼 상대를 노려보았다. 또한 이마와 입 주위에 자리 잡은 주름은 그를 더욱 표독스럽게 보이게 했다. 그 자체로 스산함을 발산하며, 과연 '사츠마의 귀신'이란 말이 빈말이 아님을 증명해주고 있었다. 요컨대 시마즈의 풍채는 주위 사람을 떨게 만드는 무언가가 있었다.

그런 그가 오늘 하루 종일 부산을 떤 건, 상부에서 퇴각 명령이 내려와 이날부터 본격적으로 철군 준비를 시작해야 했기 때문이다. 그렇게 부하 장병들이 배에 짐을 싣는 걸 보고 있을 때, 전령이 달려와 보고를 해 왔다.

"효고노카미 사마(시마즈의 관위), 부산포에서 병량이 도착했습니다."

"음, 좋다. 이걸로 철군은 별 무리 없이 성공하겠구마이."

시마즈는 고개를 끄덕이며 중얼거렸다. 명나라 장수 마오궈치(茅国器, 모국기)를 뇌물로 구워삶아 인질을 붙잡고 안전한 퇴각도 약속받은 상태. 모든 건 계획대로 흘러가고 있었다.

다만 그에겐 아직 한 가지 걸리는 점이 있었으니, 바로 서쪽 최전방 순천에 있는 고니시 유키나가의 안위 여부였다.

'이제 약조한 날이 다가오고 있다. 모두 무사히 철수해야 할 터인데….'

시마즈는 서쪽에서 불어오는 바람을 맞으며 고니시 유키나가가 있는 순천 쪽을 바라보았다.

❖ ❖ ❖

같은 시각, 순천 왜교성 후나이리(船入, 선착장).

철군 명령을 받은 왜병들은 바리바리 짐을 싸서 선착장에 있는 배들에 싣고 있는 중이었다. 며칠 전부터 시작한 하역 작업이 오늘 저녁 비로소 마무리된 것이다.

마지막 점검을 위해 고니시는 부하들을 거느리고 선착장으로 향했다. 화려한 카미시모(裃, 정장)를 입은 그는 보무도 당당했다. 어제 사신으로부터 '류팅이 안전한 철수를 보장한다'라는 말을 듣고선 한껏 흥분된 까닭이었다. 고니시는 손가락으로 자기 머리를 가리키며 거들먹거렸다. 부하들에게 이번 철수가 온전히 자신의 공임을 강조하기 위해서였다.

"싸움이 꼭 몸으로만 하는 게 아니거든. 머리를 써야 하는 거야. 머리를."

"그 절체절명의 위기에서 이렇게 우리를 살려주신 건 다 세쓰노카미 님의 명민한 판단력 때문입니다."

"암, 그렇다마다. 가토 그놈은 도저히 상상도 못 할 일이지. 하하하."

며칠 후면 고향 땅에 갈 수 있다는 생각에 왜군 장수들은 모두 크게 웃고 떠들어댔다.

이윽고 선착장에 도착한 고니시는 적재가 거의 마무리된 배들을 보며 미소를 지었다.

"하역 작업은 언제 끝나나?"

"내일 저녁쯤이면 다 끝납니다요."

"좋다. 그러면 모레 일찍 선발대를 보내도록 하라!"

"핫!"

부하들이 고개를 크게 숙이며 대답했다. 고니시는 그런 그들을 보며 흐뭇하게 웃었다. 내일 무슨 일이 일어날지 모르고 말이다.

석양이 푸른 바다를 붉게 물들이며 가라앉고 있었다.

4. 동짓달 열하루(11월 11일):
다시 찾은 묘도

묘시(오전 5~7시), 순천 앞바다 묘도.

– 쏴아, 쏴아.

동이 트기 전의 순천 앞바다는 칠흑같이 어두웠고, 으스스한 파도 소리만 거칠게 들려왔다.

그 어둠을 뚫고 70여 척의 조선 판옥선과 300여 척의 명나라 사선, 호선이 묘도에 접안했다.

이순신 장군은 송희립에게 조용히 명령했다.

"병사들에게 방어래(소음을 막기 위해 입에 물리는 나뭇가지)를 물리고 조용히 움직이게 하게."

"네, 장군."

수군들과 짐꾼들이 각종 자재를 들고 상륙했다. 다행히 진은 지난번 왔을 때에 비해 크게 흐트러지지 않았다.

"자, 빨리빨리."

"알겠습니다."

병사들 모두 자재를 옮기며 진지를 보수하고 짐을 내렸다. 조선 수군은 섬의 북쪽에 배를 댔고, 명 수군은 섬의 머리 부분인 서쪽에 배를 댔다.

상륙한 이순신 장군이 진지를 구축하는 병사들을 보며 옅은 미소를 지었다.

"음, 소서행장 놈이 기절초풍하겠군."

그렇게 묘도는 차츰차츰 조선 수군의 진지로 변해갔다.

해시(밤 9~11시), 묘도 조선 통제사 막사.

송희립이 급히 들어와 보고를 올렸다.

"통제사또, 소서행장이 조만간 출항할 거라는 소식입니다."

"음, 확실한가?"

"네, 왜교성과 남해에서 탈출한 피로인들, 그리고 현지인들이 이구동성으로 이야기해 신빙성이 높다고 판단됩니다. 왜교성 나루터가 분주한 것도 그렇고요."

"알겠네. 주변 해역 순찰을 강화하게."

"네, 알겠습니다."

송희립은 군례를 한 후 막사를 나갔다. 홀로 남은 장군은 두 손으로 턱을 괴며 일렁이는 호롱불을 쳐다봤다.

"한 놈도 못 빠져나가게 해야 한다. 한 놈도."

장군의 검은 눈동자 안에서 붉은 호롱불이 크게 일렁였다.

❖ ❖ ❖

같은 시각, 순천 왜교성 혼마루(本丸, 본성). 고니시 유키나가 진영.

– 띵, 띠링~!

주황빛 조명 아래 기모노를 입은 게이샤들이 튕기는 샤미센의 음악 소리가 연회장을 가득 채웠다. 그동안 죽을 고비를 숱하게 넘긴 고니시는 부하 장수들과 함께 말술을 들이키며 조선에서의 마지막 밤을 보내는 중이었다.

"하하하, 드디어 꿈에 그리던 고향 땅으로 갈 수 있게 됐다. 자, 그동안 수고 많았다. 제군들, 부어라. 마셔라!"

"감사히 잘 먹겠습니다. 세쓰노카미 사마!"

"술맛이 정말 달콤합니다요. 크하하하!"

지난달, 명나라 육군 제독 류팅에게 뇌물을 써서 군을 물리게 했던 고니시였다. 2주 전에는 벌써 류팅의 인질까지 받은 상태. 이제는 퇴각할 때 미리 봉화를 피운 다음, 약속한 2천 수급과 각종 무기를 도성 안에 남겨두기만 하면 된다. 물론 그 2천 수급이란 것도 일본 병사들 것이 아니라 조선인들의 머리일 테지만.

거기다 어제 또 사신을 보내 안전한 철군에 대한 약조를 다시 받아냈다. 고니시로선 이보다 더 좋을 수 없는, 하늘을 날아갈 것 같은 기분이었다.

"류팅 놈의 탐욕 때문에 우리 병사 1만 3천의 생명을 보전할 수 있었다. 내 계략이 적중한 게야. 음하하하하!"

"이 모든 게 세쓰노카미 사마의 현명함 덕분입니다."

부하 장수들이 모두 잔을 치켜들며 고니시에게 아부를 떨었다. 고니시는 마치 구름 위를 걷는 기분이었다.

"하하하, 그래. 자, 자 마음껏 마시라고."

거기다 10일 전에는 몰래 사천에 있는 시마즈, 남해에 있는 사위 등과 회동해 철군 계획까지 완벽하게 짜 놓은 터였다.

'철군 계획은 완벽하게 진행되고 있어!'

전쟁은 참으로 허망하게 끝났지만, 고니시는 자신이 생각해도 스스로가 무척 대견하게 느껴졌다.

'무려 7년간의 전쟁이다. 그 힘든 시기를 잘 버티고 이렇게 살아 있으니 그걸로 된 거야. 이제 일본으로 건너가 더욱 큰 다이묘가 되리라!'

고니시는 마음속으로 성호를 그으며 자신의 앞날에 신의 은총이 있기를 기도했다. 세례를 받은 그는 독실한 가톨릭 신자이기도 했으니까.

'이렇게 살아남은 것도 다 천주님의 뜻. 그 누구도 나를 막을 수 없다!'

그의 마음을 알아챘는지 아리마 하루노부가 잔을 치켜들며 아부를 떨었다. 그 역시 독실한 가톨릭 신자였다.

"세쓰노카미 사마, 만수무강하소서. 앞으로도 쭉 천주님께서 보살펴 주실 겁니다."

"암, 그래야지. 하하하!"

쇳소리 나는 고니시 유키나가의 웃음소리가 왜교성 전체에 울려 퍼졌다.

❖ ❖ ❖

같은 시각, 묘도의 명 도독부 막사.

"으, 으…."

간이침상에 누운 첸린은 땀을 흘리며 악몽을 꾸고 있었다.

뿌연 연기로 뒤덮인 공간. 그는 전함을 타고 병사들을 지휘하고 있었다. 주변에선 병사들의 함성, 조총과 함포 소리가 울려 퍼졌다.

와, 와!

− 펑, 펑!

코를 찌르는 포향과 짙은 포연, 피비린내와 비명이 뒤섞인 아수라장. 이곳은 지난달 초사흘(10. 3), 순천왜성을 공격하던 전장의 한가운데였다. 조명 연합 육군은 왜성의 서문을, 연합수군은 바다에서 남쪽 성벽을 공격하고 있었다.

공격하라, 물러서지 마라!

첸린은 지휘봉을 휘두르며 크게 소리쳤다.

그때 포연 너머로 거대한 왜성의 검은 윤곽이 어슴푸레하게 나타났다. 공격 목표인 순천왜성이었다. 그런데 연기를 헤치며 왜성에 점차 다가가던 그 순간… 순천왜성이 거대한 괴물처럼 변하더니 아가리를 크게 벌렸다.

쿠오오오!!

아악!!

괴물이 된 순천왜성은 거대한 아가리를 벌리며, 류팅이 이끄는 육군 병사들을 잡아먹기 시작했다. 조명 연합 육군의 병사들은 비명을 지르며 달아나기 바빴다.

그 끔찍한 장면을 본 첸린이 다급히 소리쳤다.

어서, 어서 빨리 배를 돌려야 한다!

하지만 이미 늦었다. 바닷물이 썰물로 바뀌었기 때문이다. 전함 주변의 물은 빠르게 빠지기 시작했다.

– 끼이익, 쿵!

순식간에 수심이 얕아지면서 바닥에 걸린 명나라 사선이 멈췄고, 첨저선인 호선은 설상가상 기울어지기까지 했다.

으아아악!!

수많은 명나라 병사가 갑판 위에서 휘청거렸다. 정신없이 싸우다 뜻밖의 상황에 맞닥뜨린 첸린은 잔뜩 긴장한 채 소리쳤다.

이런 젠장, 왜 배가 안 움직이는 거야?

간조 때라 그만 개펄에 걸렸습니다!

뭐라?

당황한 첸린이 주위를 둘러보며 길길이 날뛰었다.

이런 제기랄, 날이 어두워져서 미처 몰랐구나!

그 순간 고바야(小早船, 소형선)를 탄 왜병들이 좌초된 명나라 전함 쪽으로 달려들었다. 물이 얕은 곳까지 와선 배에서 뛰어내려 이쪽으로 내달렸다. 발밑에는 모두 판자를 달아 행동이 자유로웠다. 순천왜성에는 왜구의 본거지인 규슈 출신이 많아, 이런 연안 지대에 익숙했던 것이다.

죽여라!

모조리 도륙하라!

왜병들이 기괴한 함성을 지르며 명나라 배들 주위로 개떼처럼 달라붙었다.

하하하, 불태워라!

왜병들은 배 안에서 병사들이 탈출하는 족족 칼로 베고, 총으로 쏴 죽였다. 그런 다음 명나라 배들에 불을 놓았다.

– 화르르!

개펄에 널브러진 명나라 사선과 호선들이 불길에 휩싸였다. 불길은 어두운 하늘 위로 치솟았다. 그 매캐한 연기 사이로 쓰러진 명나라 병사들이 울부짖었다.

진 대인, 살려주십시오.

저희를 버리고 가지 마소서.

첸린은 비명을 지르는 부하들의 모습을 보며 꼼짝달싹하지 못했다. 그때 조선 수군들이 달려와 첸린의 두 팔을 잡고 그를 일으켰다.

진 도독, 이쪽으로 어서!

어, 어….

첸린은 조선 수군의 도움을 받아 전장을 빠져나오는 와중에도 새파랗게 질려 아무 말도 할 수 없었다.

진 대인, 제발, 커헉!

살려주십시오. 으악!

살려달라며 소리치던 명나라 병사들의 목에 왜병의 칼날이 꽂혔다. 부하들의 모가지가 그대로 고꾸라졌다. 그들의 핏발 어린 눈과 피로 뒤덮인 얼굴이 첸린의 뇌리에 박혔다.

아, 안 돼!

"허억!"

순간, 첸린은 팔을 뻗으며 잠에서 깼다. 꿈이었다. 며칠째 반복되는 악몽. 첸린의 온몸은 땀에 절어 있었다.

"하아, 하아…."

첸린은 거친 숨을 몰아쉬었다.

그의 꿈에 나타난 건 지난달 초의 패전 상황이었다. 이날 공격 때 첸린은 부하 300여 명을 잃고, 심지어 자신도 목숨을 잃을 뻔했다. 거기다 중형 사선 19척과 대형 호선 20척을 잃어버린 대참사였다. 다행히 조선 수군의 도움으로 구사일생했지만 말이다.

수군이 패한 이유는 간단했다. 그와 이순신의 수군은 고군분투했지만, 수륙협공작전을 하기로 한 류팅의 육군은 제대로 싸우려하지 않았기 때문이다.

이에 열 받은 첸린은 다음날 류팅의 막사를 찾아가 그의 수자기(대장기)를 찢기까지 했었다.

잠깐 숨을 고른 첸린이 부관에게 외쳤다.

"무, 물을 가져와라!"

"네!"

– 꿀꺽, 꿀꺽.

부관이 대령한 물을 한 사발 들이켠 첸린은 침상에서 일어나, 정신 나간 사람처럼 그대로 막사 밖으로 뛰쳐나갔다.

"으으으아!"

첸린은 고함을 지르며 도독 막사 바로 앞 해변까지 무작정 내달렸다.

바깥은 살을 에는 추위였지만, 몸은 불덩이처럼 뜨거웠다.

"하아, 하아."

첸린은 바닷가 모래사장에 무릎을 꿇었다.

'과연 싸우는 게 현명한 일인가?'

순간 예전에 류팅이 한 충고가 떠올랐다. 그는 이미 명 조정에 주전파는 남아 있지 않다며 자신에게 '충언'을 했던 것이다.

우리 병사들의 안전이 최우선이외다. 남의 나라에서 목숨 걸고 싸우는 이유가 뭐요?

어찌 보면 류팅의 말이 맞았다. 단지 윗사람들의 공명심 때문에, 혹은 출세욕 때문에 저 힘없는 병사들이 죽어가고 있지 않은가!

첸린은 광둥성의 흙수저인 데 반해, 류팅은 장시성의 금수저 출신이었다. 첸린은 류팅에 대한 자격지심도 있었지만, 출세욕이 워낙 강해 전투를 통한 승진 욕구가 강했다. 게다가 자신은 천하무적인 조선 수군을 지휘할 수 있지 않은가? 조선 수군을 이용하면 공을 세우는 건 따 놓은 상황. 잘하면 봉작(封爵)도 받을 수 있을 것이었다. 그야말로 이 전쟁은 '출세의 지름길'인 것이다.

그러나 첸린의 이런 생각은 지난 1차 순천왜성 전투에 패함으로써 깡그리 사라져버렸다. 그때 울부짖으며 죽어 나간 부하들의 모습이 계속 눈에 밟혔다.

'전쟁을 끄는 게 과연 옳은 길인가? 앞으로 얼마나 많은 병사들… 아니, 사람들이 죽어야 하나?'

주전파 중 둘째가라면 서러워할 첸린의 마음이 크게 흔들렸다. 그는 어두운 해변에서 무릎 꿇은 채 한참이나 꿈쩍하지 않았다.

❖ ❖ ❖

같은 시각, 한양 정릉동 행궁 별전.

이연은 오늘도 윤두수, 윤근수 형제와 조촐한 술자리를 하고 있었다.

"류성룡 건은 아주 잘했소. 이제 얼마 안 남았으니 좀 더 힘을 쓰구려."

"알겠습니다, 전하. 성룡이 저리 행동하는 건 흑심이 있어서 그런 게 분명합니다. 왜란 시기 약간의 공이 있다고는 하나 그냥 놔두면 화근이 될 일… 거기다 이순신과도 특별한 관계이니 이참에 뿌리를 뽑으소서."

윤두수가 아부를 떨자, 이에 질세라 윤근수가 열을 올리며 호응했다.

"성룡이 분에 넘치게 전하의 은혜를 입고도 천조에 들어가는 걸 거부했으니 내치시는 게 지당하신 처사이옵니다."

"당연하다마다. 그러니 대간들을 잘 구슬려 일을 진행해보시오."

"네, 전하. 이미 상소를 계속해 올리라 했습니다."

"하하하, 잘하였소. 자 한잔 드시오들."

이연은 두 형제의 대답에 흡족해하며 술잔을 채워줬다. 그런 다음 얼굴을 살짝 찡그리며 고개를 절레절레 흔들었다.

"흠, 내 '정응태의 참주'만 생각하면 지금도 오금이 저린다오."

이연은 눈을 감고 부르르 떨었다. 그는 아직도 이 일만 생각하면 정신이 아찔했다.

'띵잉타이(丁應太, 정응태)의 참주 사건'이란 군문 찬획주사로서 조선에 왔던 띵잉타이가 '조선이 번국답지 않게 건방지고 무례하다'라는 얼토당토않은 상소를 명나라 황제에게 올린 사건이었다. 덕분에 지난 9월, 조정에선 한바탕 전쟁을 치러야 할 정도였다. 당시 남쪽에선 진짜 전쟁이 벌어져 수많은 병사들이 죽어 나가는 와중에도, 임금과 대신들은 오히려 이 문제에 매달려 목숨 걸고 싸워야 했던… 웃기면서도 슬픈 조선의 현실이었다.

띵잉타이가 명나라 황제에게 올린 내용은 다음과 같았다.

[첫째, 조선은 건방지게도 탄핵당한 경리 양까오(楊鎬, 양호)를 옹호했고, 둘째, 왕의 묘호에 감히 명나라처럼 祖와 宗을 썼으며, 셋째, 신숙주가 쓴 《해동제국기》에 일본 연호까지 나오는데 명나라 연호는 아래에 쓴 점, 넷째, 명나라 책력을 안 쓴 적이 있는데, 이는 언젠가 일본과 함께 명나라를 치기 위함이다.]

조선 조정은 발칵 뒤집어졌다.

사실 띵잉타이가 이런 짓을 했던 이유는 명 조정 내의 주전파와 주화파 사이의 알력다툼 때문이었다. 양까오는 주전파였던 반면, 주화파와 연결된 띵잉타이는 갖은 핑계로 주전파를 탄핵하려고 했다. 조선으로선 왜적을 몰아내기 위해 불가피하게 주전파인 양까오를 변호한 것인데, 엉겁결에 양까오와 한데 묶여 비난의 대상이 된 것이었다.

충격에 빠진 이연은 아예 정무조차 거부했고, 심지어 퇴위할 의사까지 보였다. 이에 류성룡을 비롯한 대신들은 극구 반대하며 다시 조회에 나와 달라고 애원했다.

조회가 열리지 않던 7일간 책임소재에 관한 온갖 상소가 빗발쳤는데, 이는 기본적으로 남인, 북인, 서인 간의 권력 다툼이었다.

결국 류성룡은 이 사태의 책임을 진다며 사직을 요청했지만, 이연이 거부했다. 그런데 이후부터 일이 이상하게 흘러가기 시작했다.

이연이 띵잉타이의 무고를 바로 잡기 위해 류성룡을 진주사(陳奏使)로 명나라에 보내려고 했지만, 그는 노모가 있어 불가하다며 정중히 사양했다. 그가 왜 거부했는지는 확실하지 않다. 확실한 건 그가 감히 왕의 명령을 거부했다는 점이다. 이연이 아무리 왕 같지 않은 인물이라 해도 전근대 왕조에선 상상하기 어려운 일이었다.

결국 이 사건으로 이연은 류성룡을 숙청하기로 결심했다. 물론 단순히 사신 행을 거부해서 뿐만은 아니었다. 7년 전쟁 동안 쌓여 왔던 불만이 이때 표출된 것일 뿐. 예컨대 류성룡이 주장한 '대공수미법(대동법의 전신)'은 기득권과 수구파들, 그리고 그 수구파의 핵심인 이연에겐 불리해 1년도 채 안 돼 폐지했다. 그동안은 류성룡의 능력이 필요했지만, 이제 왜의 도요토미도 죽은 마당에 아군이 고전하고 있다고는 하나 종전은 시간 문제였다. 토사구팽의 시간이 다가온 것이다.

이런 이연의 내심을 간파한 류성룡의 정적들은 본격적으로 공격을 시작했다. 이때부터 그를 파직하라는 상소가 빗발친 것이다. 명분은 '주화오국(主和誤國)의 죄'를 지은 것. 전쟁 소강 시기 명나라 주도로 이뤄진 강화회담에 류성룡이 참여했다는 걸 빌미 삼아 북인과 서인이 줄기차게 류성룡을 모함했다. 이 거대한 복마전에는 사헌부, 사간원, 성균관 유생들까지 합세했다.

결국 남인이었던 류성룡은 북인과 서인의 연합 공격에 의해 10월 초 영의정 자리에서 물러나고 말았다. 하지만 정적들의 공격은 사냥개만큼 집요했다. 이번에는 아예 삭탈관작까지 주장하고 있었다.

이연과 윤 씨 형제는 이 이야기를 하고 있었던 것이다. 그런데 몸을 부르르 떠는 이연을 보던 윤근수가 눈치 없이 말했다.

"저는 송 경략 일만 생각하면 지금도 아찔합니다!"

순간, 이연의 얼굴이 완전히 일그러졌다. 윤두수는 뜨악한 표정을 지었고, 술자리 분위기는 삽시간에 차갑게 얼어붙었다.

'송 경략의 일'이란 몇 년 전, 명나라 경략인 쏭이엉창(宋應昌, 송응창)이 윤근수를 직접 불러 '너희 나라 임금보고 나라 좀 제대로 잘 다스리라고 하라'며 사실상 이연을 꾸짖었던 사건이다. 그는 만일 조선 임금이 정신을 안 차릴 경우, 명나라의 지원도 끊길 수밖에 없다는 '점잖은 충고'를 했더랬다.

웨이쉐쩡부터 쏭이엉창, 띵잉타이까지…. 이렇듯 수많은 명나라 관료는 소위 조선의 왕이라는 이연을 아예 대놓고 무시하고 있었던 것이었다.

이연의 얼굴이 노기로 가득 차자, 윤두수가 윤근수를 죽일 듯이 한 번 쳐다보더니 분위기를 전환시키려는 듯 살살 웃으며 이연에게 아부를 떨었다.

"전하, 그 일은 이미 지나간 것입니다. 다행히 하늘은 전하와 우리 편입니다. 저 간악한 풍신수길을 죽인 것만 봐도 그렇지 않사옵니까?"

다행히 윤두수의 아부에 이연의 기분이 좋아진 듯했다.

"후, 그건 그렇소. 하늘은 내 편인 게 확실하지."

정말이지 도요토미가 올해 그렇게 뜬금없이 죽을지 누가 알았겠는가. 거기다 그 재수 없는 '띵잉타이의 참주'도 자신이 잘 활용해 류성룡까지 숙청했으니 오히려 전화위복이 된 셈이었다.

이연이 옅은 미소를 지으며 말을 이었다.

"그나저나 왜란은 사실상 끝났소. 이제 슬슬 난이 끝난 뒤의 일을 논의해야 하지 않겠소?"

이연을 바라보는 두 형제의 눈이 커졌다.

5. 동짓달 열이틀(11월 12일):
필사적인 고니시

순천 앞바다, 묘도에서 서쪽으로 약 11리 떨어진 곳.

아침부터 해무가 짙게 깔려 시야가 뿌연 이날은 왠지 모르게 으스스한 느낌이었다. 이런 가운데 순천왜성 선착장에서 출항한 10여 척의 왜선 선발대가 안개를 헤치며 전속력으로 나아가고 있었다.

"자자, 빨리 움직여!"

"하하, 드디어 집에 가는구나!"

– 쏴, 쏴아!

왜군 선발대는 장도 북쪽을 지나 노량을 거쳐 부산으로 향할 예정이었다.

"자, 어서 노를 저어라. 며칠 후면 집에 갈 수 있다!"

"핫!"

묘시(오전 5~7시)에서 진시(오전 7~9시)로 넘어갈 무렵, 어느덧 안개가 잦아들기 시작했다. 그런데 전방의 해수면 위로 검은 그림자와 불빛이 나타났다. 검은 그림자는 서서히 다가오더니 마침내 형체를 드러냈다. 조선 수군의 판옥선과 포작선 수십 척이었다.

"음, 뭐지?"

"헉, 조선 놈들이다!"

맨 앞의 척후가 외쳤고, 왜병들은 대혼란에 빠졌다.

"아니, 놈들이 어떻게? 저번에 진을 물렸는데?"

꿈에도 생각지 못한 조선 수군이 묘도 남쪽 해안에서 튀어나왔다.

"제, 제길. 모두 우현으로 틀어라!"

하지만 늦었다. 전방에서 마치 사신(死神)과도 같은 조선 장수의 목소리가 들려왔다.

"왜놈들이다. 공격하라!"

"공격하라!"

— 펑, 펑펑!

— 콰지직!

"으악!"

판옥선에서 발사된 대장군전이 제1열 왜선 중 첫 번째의 이물을 그대로 직격했다. 세키부네의 선수 뱃전이 철저히 박살 나면서 엄청난 분진과 파편이 공중에 흩뿌렸다.

– 이히힝!

애써 실었던 말들이 바다로 빠지며 울부짖었다. 뒤이어 또 다른 장군전이 옆에 있던 두 번째 왜선의 흘수 바로 위를 직격했다. 왜선은 굉음을 내며 가라앉기 시작했다.

– 끼이이!

하늘 위로 편전과 화시가 비 오듯 쏟아졌다. 세 번째 왜선에서 엄청난 불길이 치솟았다.

– 화르르!

"사, 살려줘!"

갑판 위에 나뒹구는 시체들. 몸에 불이 붙은 채 비명을 지르며 바다에 그대로 빠지는 왜적들. 살아남은 왜병들은 필사적으로 조총을 쏘며 반격해댔다.

"반격하라!"

– 탕, 탕, 탕!

– 파팟!

아군 측 경선과 판옥선 방패가 부서지면서 파편이 튀었다. 수군들 몇 명이 쓰러졌다. 조선 장수가 외쳤다.

"물러서지 마라. 승자를 쏴라!"

"차대전과 은장차중전을 쏴라!"

– 펑, 펑, 펑!

제2열의 세키부네 누각과 선미를 강타했다. 비명, 화포 소리, 조총 소리. 검은 연기에 매캐한 화약 냄새, 피비린내, 피바다, 수면 위의 수많은 오물….

한참 동안의 전투 후, 마침내 승패가 가려졌다. 결과는 조선 수군의 완승. 살아남은 한 척에 탄 왜군 장수가 목이 터지라고 외쳤다.

"시, 실패다. 귀항한다!"

"배를 돌려라!"

하지만 소용없었다. 조선 측에서 발사한 화시들이 비처럼 쏟아지며 도망치는 왜선의 고물 쪽 갑판 위에 꽂혔다. 왜선은 삽시간에 화마에 휩싸였다.

– 화르르륵!

"으아악!"

왜병들은 몸에 불이 붙은 채 뱃전에서 그대로 바다에 빠져들었다. 불타는 왜선 역시 그들을 따라 그대로 바다에 빠져들었다.

이를 본 조선 수군이 함성을 질렀다.

"와, 와!"

"이겼다!"

조선 수군만으로 왜선 10척을 모두 완파한 대승이었다.

❖ ❖ ❖

정오 무렵, 순천왜성 혼마루 고니시의 집무실.

"뭐, 뭐라고? 다시 말해봐!"

5층으로 이뤄진 성 전체에 고니시의 고함이 쩌렁쩌렁 울려 퍼졌다.

"크흑, 서, 선발대가 전멸하고 말았습니다!"

"으아악! 도대체 누가, 누가 그랬단 말이냐?"

"그, 그게… 이순신의 조선 수군이….″

"으아, 이순신, 이순신! 그놈은 귀신이라도 되는가? 언제 또 여기 왔단 말이냐?"

"크흡, 어제 묘도에 입항했다고 합니다."

"으아아아아! 정말 신출귀몰하는구나. 이순신, 그 빌어먹을 놈이!"

부관은 고개를 푹 고꾸라뜨린 채 무릎을 꿇고 있었고, 고니시는 길길이 날뛰고 있었다. 그는 양손으로 자신의 사카야키(이마에서 정수리까지 머리털을 민 부분)를 부여잡은 채, 집무실을 이리저리 뛰어다니며 고함을 질러댔다.

"으아아, 제기랄, 제기랄, 제기랄!"

한동안 광인처럼 집무실을 휘젓던 고니시는 순간 뛰는 걸 멈추고선, 초점 잃은 눈으로 천장을 쳐다봤다.

"아니, 류팅이 분명히 군을 물린다고 했는데? 가만, 이 더러운 새끼가 나를 속인 건가?"

고니시는 자신이 류팅에게 속았다고 생각했지만, 사실은 그게 아니었다. 명나라 육군과 수군은 서로 따로 작전을 펼치고 있었기 때문에 류팅만 설득해선 부족했다. 이런 사정을 모르는 고니시는 그저 열 받은 채 천정을 쳐다보며 크게 외쳤다.

"으아아악, 빌어먹을!"

하지만 애먼 천장을 향해 분풀이를 해봐야 소용없는 일, 고니시는 팔자 주름을 지으며 부하에게 소리쳤다.

"어서 빨리 류팅에게 사신을 보내라! 도대체 어떻게 된 일인지 알아봐!"

"하, 하잇!"

부관은 고개를 숙인 후 급히 방을 빠져나갔다. 고니시는 손톱을 잘근잘근 씹으며 집무실을 왔다 갔다 했다.

'이대로는 그물 안의 물고기 신세, 그대로 죽고 만다. 어떡하지? 어떻게 철군한단 말인가?'

고니시는 생전 처음으로 서서히 목을 조여 오는 죽음의 공포를 느꼈다.

❖ ❖ ❖

신시(오후 3~5시), 순천왜성 북쪽 검단산성에 진을 친 명나라 육군 진영.

왜군 사신이 총병 막사로 들어왔다. 류팅에게 속았다고 생각한 고니시가 보낸 사신이었다.

"고니시 유키나가님께서 류 제독님께 전할 말씀이 있어 이렇게 찾아뵈었습니다."

"말해 보거라."

류팅은 의자에 앉은 채, 귀를 파며 퉁명스럽게 답했다. 사신은 고니시의 서신을 읽어 내려갔다.

"우리 고니시 유키나가님께선 다음과 같이 말씀하셨습니다."
[대저 남아의 한마디는 천금의 가치가 있는 법. 하물며 대명국의 장수인 류 제독 같은 분이야 말할 나위가 있겠습니다. 그럼에도 불구하고, 지난날 저와 약조한 것이 지켜지지 않았으니 어찌 서로를 신뢰하고 일을 도모할 수 있겠소이까? 분명히 군을 물린다고 하지 않으셨소. 다시 한번 요청하오니 부디 군을 물려주소서.]

사신이 서신을 다 읽자 류팅이 콧방귀를 한 번 뀌더니, 퉁명스럽게 대꾸했다.

"어허, 거 참. 이보게 사신. 명나라 육군과 수군의 지휘 체계가 다른 걸 모르는가? 그건 상식 아닌가, 상식. 아무리 육군인 나를 설득했다고는 하나, 수군 쪽 첸린 도독이 안 움직이는데 나보고 어쩌라고? 내가 언제 자네들을 공격했나? 난 아무 책임이 없네. 이 사람아."

"그, 그 무슨 말씀인지…."

"어험, 나는 천자의 어명을 받고 네놈들을 멸하러 온 대명국 제독이니라. 단숨에 네놈들을 쳐부술 수 있었으나 네 장수가 하도 애걸복걸하기에 은혜를 베풀어 준 것인데, 이런 배은망덕한, 쯧쯧. 어서 썩 물러서거라."

"끙."

말문이 막힌 왜 사신은 선 채로 부들부들 떨고 있었다. 그런 그를 보며 류팅이 인심 쓰듯 말했다.

"아, 그리고 말일세. 바다 쪽으로 물러나려면 우리 첸린 도독을 설득해야 할 게야!"

류팅으로선 호의를 베푼 말이었지만, 왜 사신의 귀에 들어올 리는 없었다. 왜 사신은 이를 갈며 답했다.

"류 제독 각하. 오늘은 물러가지만, 오늘의 이 모욕은 잊지 않겠소!"

"흥, 그러거나 말거나. 독 안에 든 쥐 꼴을 하고 자존심은 남아 가지고 말이지."

"에잇…!"

왜 사신이 류팅을 한참이나 노려본 뒤 그대로 몸을 돌려 막사 바깥으로 나갔다. 류팅은 그 뒷모습을 보며 빈정거렸다.

"거 말이야. 이게 바로 우리 천조국의 방식이라네. 크흐흐."

❖ ❖ ❖

유시(오후 5~7시), 순천왜성 혼마루 고니시의 집무실.

고니시는 부관의 보고를 듣고 있었지만, 처음 몇 마디 외에는 귀에 들어오지도 않았다. 경망스럽게 다리를 떨며 듣고 있던 그는 부관의 말을 자르며 되물었다.

"그래, 류팅이 나더러 첸린을 설득하라고 했다고?"

"그, 그렇습니다."

"음…."

고니시는 팔짱을 낀 채 고민에 고민을 거듭했다. 그가 알기로 첸린은 류팅보다 더한 주전파인데… '과연 승산이 있을까'라는 고민이었다. 하지만 지금 그로선 찬밥 더운밥을 가릴 처지가 아니었다.

'조선의 이순신을 설득하는 건 불가능하다. 그나마 느슨한 명나라 장수를 설득할밖에.'

거기다 그가 알기로 첸린은 전공에 목숨 거는 인물.

'좋다. 이 방법밖에 없다. 일단은 한다!'

마침내 결심을 내린 고니시가 가는 눈을 더욱 가늘게 뜨며 부관에게 명령했다.

"첸린에게 사신을 보내라. 각종 보화와 함께 수급 1천을 준다고 말야."

❖ ❖ ❖

자시(오후 11~다음 날 오전 1시), 묘도 명나라 도독 막사.

"이 밤중에 무슨 일인가?"

첸린이 무서운 얼굴을 하고 자기 앞에 무릎 꿇고 있는 왜 사신을 향해 말했다. 왜 사신은 머리맡의 뇌물을 가리킨 후 조아렸다.

"대인, 우리 고니시 유키나가 님께서 대인께 보내는 성의입니다."

"음…"

첸린이 아랫입술을 내민 채 왜 사신이 들고 온 은자 100냥이 든 상자와 날카로운 일본도를 살폈다. 왜 사신이 첸린의 눈치를 살피며 말을 이었다.

"의미 없는 싸움은 양국의 귀한 생명을 앗아갈 뿐입니다. 어차피 이 전쟁은 대국과는 상관없는 일개 번국의 일. 그냥 저희를 보내주심이 어떻겠습니까?"

"어허, 나는 황상의 명을 받고 온 몸이니라."

"알고 있습니다. 그렇기에 더더욱 드리는 말씀입니다. 황상의 은혜를 입는 저 불쌍한 장병들의 생명을 쓸데없이 낭비할 필요가 없잖습니까?"

"…."

첸린은 굳게 입을 다문 채 말이 없었다. 하지만 그의 왼쪽 눈꺼풀이 파르르 떨렸다. 마음의 동요가 있는 게 분명했다. 왜 사신은 그 기회를 놓치지 않고 피를 토하듯 애원했다.

"대인, 만일 저희의 바닷길을 터주신다면 각종 보화와 함께 수급 1천을 바치겠나이다."

"수급 1천!"

첸린은 자신도 모르게 낮은 탄성을 지르며, 왜 사신이 던진 말을 되받았다. 수급 1천이라! 그 정도면 전쟁 후 진급을 하는 데 큰 무리가 없으리라!

"음…."

첸린은 양손의 손가락을 서로 맞대어 툭툭 치면서 고민에 빠졌다. 머릿속으론 주판알을 빠르게 튕겼다. 이 모습을 낚아챈 왜 사신이 결정타를 날렸다.

"그저 모른 척 봉쇄를 느슨하게만 해주시면 저희가 알아서 도망가겠나이다. 명군 쪽만 처리해주시면 조선군 쪽은 저희가 알아서 하겠습니다."

좋은 계략이었다. 저 멍청한 류팅처럼 일부러 안 싸우는 게 빤히 보인다면 사람들에게 욕먹기 십상이다. 하지만 경계를 서다가 적을 놓친다? 이건 어느 정도 참작이 가능하다. 애초에 이 넓은 바다를 완전히 봉쇄하는 건 불가능하니까 말이다.

거기다 조선군 쪽은 자신들이 알아서 한다니 도의적 책임도 질 필요 없다.

'진급이 확실한 수급 1천. 거기다 내 부하들의 안전도 보장된다면….'

명분도 이쪽이 더 강했다. 적은 그대로 물러난다고 하는데, 그걸 막고서 전쟁을 계속 끄는 게 과연 옳은 것인가? 이역만리인 이곳 전장까지 끌려와 의미 없는 죽음을 맞는 명나라 병사들의 목숨은 안 중요한가 말이다.

앞뒤 잴 것도 없었다. 너무나 달콤한 유혹, 이건 받아야 한다. 암, 무조건 받고 말고!

다만 한 가지 걸리는 게 있었다.

'이순신!'

첸린이 보기에 이순신은 현실에는 존재하지 않을, 신화나 전설에서만 존재할 것 같은 완벽한 무장, 아니 완벽한 인간이었다. 이순신은 자신의 안위는 전혀 생각하지 않은 채 언제나 나라와 백성만을 생각했다. 조선 왕에게 핍박받고, 의금부에 끌려가 고문을 받아 그 후유증으로 토사곽란을 자주 했음에도 불구하고 말이다. 백의종군이라는 미명하에 온갖 모욕을 당했음에도 불굴의 정신으로 명량에서 기적을 만들어 낸 뒤, 기어코 나라를 되살린 것이다.

이순신은 숭고했다. 이순신은 위대하고 찬란했다. 그런 이순신을 볼 때마다 첸린은 숙연해졌다.

'이순신… 그를 속여야 하는 게 마음에 걸린다.'

첸린은 마음속 깊이 자리 잡은 이순신에 대한 존경심 때문에 양심의 가책을 느꼈다. 그래서 선뜻 왜 사신의 매혹적인 제안에 답하지 못하고 있었다.

'어떻게 하나. 어떻게 해야 하지?'

순간, 번뜩이는 생각이 뇌리를 스쳤다.

만일 왜군이 빠져나간 걸 이순신이 안다고 해도 그냥 이렇게 말하면 되잖은가!

미안하게 됐소. 내 병사들에게 그리 주의를 줬건만, 경계가 좀 느슨해졌던 탓이외다.

어차피 남의 나라에서 벌어지는 전쟁이다. 아니 이미 끝난 전쟁인데 조선의 몇몇 장수들만 이 전쟁을 끌어 잡고 안 끝내려 한다. 그게 과연 누구를 위한 것일까?

원래는 첸린도 둘째가면 서러워할 주전론자였다. 하지만 지난달 초, 순천왜성 공격 때 수많은 부하를 잃은 뒤 회의감에 빠져 있던 터였다. 특히 어제 꾼 꿈이 결정타였다.

'아직도 갯벌에 빠져 살려달라고 아우성치던 부하들의 모습이 눈에 어른거렸다.'

첸린은 눈을 감았다. 그리고 그의 마음은 결국 이순신에 대한 존경심보다, 자신의 전공을 챙기고 부하들의 생명을 지키는 쪽으로 기울어졌다.

천천히 눈을 뜬 첸린이 왜 사신에게 말했다.

"내일부터 경계를 느슨하게 할 테니 그리 알라."

"가, 감사합니다!"

왜 사신은 연신 조아리며 감사를 표한 후, 일행과 함께 막사를 나섰다.

아직은 보름달이 되지 못한 상현달이 막 첸린의 막사를 나선 왜 사신 일행을 비추고 있었다.

그리고 막사 근처의 수풀 속에선 누군가가 이 광경을 지켜보고 있었다.

6. 동짓달 열사흘(11월 13일):
치명적 실책

진시(오전 7~9시), 순천왜성 혼마루 어전.

고니시는 천장을 멍하니 쳐다보며 중얼거리고 있었다.

"보낼까요… 말까요… 보낼까요… 말까요?"

그는 이미 반 시진(1시간) 동안이나 이러고 있었다. 어제 열 척의 선발대가 몰살당했으니 큰 충격에 빠진 건 당연했다. 류팅의 말만 믿고 선발대를 보낸 건데, 재수 없게 조선 수군을 만나다니….

"첸린 한테 약조를 받았다고는 하지만 어째 불안해. 명나라 놈들을 믿을 수 있어야지, 원."

첸린이 류팅의 강화청 유인처럼 일본군을 속이지 않으리라는 법도 없다. 그를 믿어야 할 것인가 말 것인가. 고니시는 묵주를 계속 만지며 천주님께 기도를 올렸다.

"천주님, 보낼까요… 말까요?"

계속 같은 말을 되뇌던 그는, 순간 고개를 돌려 문밖에 대기 중인 부장에게 명령했다.

"좋다. 결정했다! 사쿠에몬, 쥬로 님께 이야기해서 적진을 다시 한번 뚫어보게 하라!"

"하잇!"

고개를 끄덕인 부장이 곧장 아래층으로 뛰어 내려갔다.

그리고 반 시진 후, 왜선 10척이 선착장을 나와 장도를 향해 조심스레 나아갔다.

❖ ❖ ❖

사시(오전 9~11시), 묘도의 조선 수군 진영.

별망군이 군영으로 달려와 장군께 아뢰었다.

"통제사또님, 장도에 왜선이 나타났습니다!"

"그래? 총 몇 척이더냐!"

"이번에도 열 척입니다!"

"좋다. 출진한다고 각 진영에 알려라."

"네, 알겠습니다."

잠시 후, 이순신 장군은 첸린의 막사를 찾았다.

"대인, 장도에 왜선 열 척이 나타났다 합니다. 어서 함께 출전하시지요."

"음, 그렇소?"

하지만 장군의 보고를 들은 뒤에도 첸린의 반응은 영 뜨뜻미지근했다.

"그냥 주변에서 얼쩡거리는 거 아니겠소? 괜히 힘을 뺄 필요가…."

장군은 첸린이 저리 나오는 이유를 알고 있었다. 어제 명 도독막사를 살피던 세작으로부터 그가 왜 사신과 접선한 걸 들었기 때문이다. 하지만 장군은 모른 척 시치미를 떼며 말했다.

"정 안 가시겠다면 이번에는 조선 수군 단독으로라도 출전하겠습니다."

"어허, 그 무슨… 조선군은 천병의 명령을 따라야 하는 걸 모르시오?"

"전장의 상황은 늘 천변만화입니다. 때로는 독자적으로 움직여야 할 때도 있는 법입니다."

"뭐라, 지금 항명하는 게요?"

첸린이 눈을 부라리며 장군에게 외쳤다. 그러나 장군은 흔들림없이 답했다. 그 태도는 마치 태산과도 같았다.

"도독께 항명하는 게 아니라 황제께 순명(順命)하는 것이오. 만일 출전을 거부하신다면, 내 친히 형 총독(형개, 邢玠, 싱찌에)께 이 사실을 알릴 참이외다."

장군은 첸린에게 비수를 꽂는 말을 남기고 막사를 나가려 했다. 첸린은 화들짝 놀랐다.

명군을 총지휘하는 싱찌에는 조선 임금 앞에서까지 이순신 장군을 침이 마르도록 칭찬한 인물. 거기다 개인적으로 특별히 장군에게 은전까지 하사한 인물이다. 그런 싱찌에에게 이순신이 자신의 태업을 고발하면 곤란했다.

물론 싱찌에도 '양전음화론자'이긴 했다. 하지만 싸우는 '척'하면서 화평을 도모한다는 거지, 아예 안 싸우면서 화평하자는 얘기는 아니다. 가장 중요한 건 황제한테 들어가는 주본, 적어도 보고서상으론 열심히 싸우는 것처럼 기록되어야 했다.

결국 첸린은 막 문을 나서려는 장군의 어깨를 뒤에서 붙잡으며 애원하듯 말했다.

"거 왜 이러시오, 이 통제. 내 사실 오늘만큼은 꼭 출전하고 싶었소. 자, 함께 갑시다."

❖ ❖ ❖

오시(오전 11시~오후 1시) 장도 앞바다.

조명 연합 함대는 섬 5마장 앞에 닻을 내리고 한동안 기다렸다.

하지만 왜선들은 계속 같은 자리에서 맴돌기만 했다. 어제 된통 당한 덕에 조선 수군을 발견한 이후 더 이상 다가오지 못한 것이다.

대치 상황은 한동안 계속됐고, 결국 왜선들은 선착장으로 되돌아갔다. 이를 본 이순신 장군이 병사들에게 명했다.

"적을 묶어두는 것만으로도 큰일을 한 거다. 자, 배를 물리고 장도에 진을 친다."

"장도에 입항하라!"

오후 늦은 시간, 조명 연합 수군은 장도를 최전선으로 삼아 진을 쳤다.

그 와중에 첸린의 얼굴은 완전히 구겨져 있었다. 이순신 때문에 억지로 끌려 나온 것도 그렇지만, 왜군과의 약조를 완전히 어긴 꼴이 됐기 때문이었다.

'하, 녀석들에게 어떻게 핑계를 대지?'

푹푹 한숨을 쉬며 투덜대봤자 소용없었다. 이미 엎어진 물.

결국 이렇게 해서 2차에 걸친 고니시의 탈출 시도는 순천왜성에 대한 봉쇄 작전만 더욱 강화시킨 꼴이 돼버렸다.

❖ ❖ ❖

유시(오후 5~7시), 장도 서단의 바닷가.

– 끼룩끼룩.

갈매기 소리와 함께 살을 에는 듯한 바닷바람이 불어왔다. 그런데도 이순신 장군은 꿈쩍도 하지 않은 채, 바다 건너편에 있는 순천왜성을 바라보고 있었다.

'다시 왔군. 다들 무사히 와서 다행이다.'

지난 달 초 1차 순천왜성 전투가 실패로 끝나자, 조명 연합 수군은 통한의 마음을 품고 진을 나로도까지 물렸어야 했다. 하지만 다행히 한 달여 만에 다시 이곳에 오게 되니 가슴이 벅차올랐다.

'모든 게 하늘의 도움이다. 감사하고 감사하다.'

무엇보다 장도는 순천왜성의 목을 겨누는 칼과 같은 위치에 있는 요충지였다. 이곳을 확보했으니 왜적들은 더욱 숨이 막힐 것이다.

'거기다 군량미와 군수물자를 뺏으니 놈들이 버틸 수 있는 시간은 길어야 한 달 남짓이다.'

무엇보다 장도를 다시 차지함으로써 왜군의 해상보급로를 차단하게 된 것이 최대의 수확이었다. 왜놈들로선 치명상을 입은 셈이다.

'장도 주위를 철저히 봉쇄하면 승산은 우리에게 있다!'

이순신 장군은 벅찬 가슴을 억누르고 순천왜성을 더욱 예의주시했다. 머릿속으로는 지난달 전투를 복기하면서 새로운 전략을 짜고 있었다.

순천왜성이 있는 곳은 호랑이가 누운 형상의 언덕 위, 서쪽을 제외한 나머지 삼면이 바다로 둘러싸여 난공불락으로 악명 높은

성이었다. 그나마 육지로 이어진 서쪽도 해자를 판 후, 좁은 통로를 제외하고는 마치 섬처럼 분리해 놓았다. 순천왜성은 예교성(曳橋城)이라고도 불리는데, 이 해자를 건너기 위한 연결다리(曳橋) 때문에 붙인 이름이었다. 심지어 해자 앞은 질퍽한 갯벌이라 공격이 여간 어렵지 않다는 건 이미 지난 전투 때 경험한 바 있다.

'저 갯벌 때문에 육군의 류 제독이 공격을 못 한 게 천추의 한이다….'

거기다 순천왜성은 5층의 성이라 고니시 측에선 아군 측의 동선을 훤히 볼 수 있었다. 아니나 다를까, 압도적 위용을 자랑하는 순천왜성은 여전히 기괴한 기운을 뿜으며 장군을 노려보고 있었다. 멀리서 보면 그 천수각은 마치 괴수의 머리요, 용마루 끝에 달린 샤치호코(鯱, 머리는 호랑이에 꼬리는 물고기처럼 생긴 장식물)는 괴수의 뿔처럼 보였다. 아니 어쩌면 그 안에 사는 인귀(人鬼), 고니시 유키나가 때문에 더욱 그렇게 보였는지도 몰랐다.

'조선에 있는 왜성 중 가장 견고하다더니 과연 헛소문이 아니었다.'

세간에 떠도는 말은 거짓이 아니었다. 순천왜성은 그야말로 철옹성이었다.

'어떻게 공격할 것인가?'

장군은 성을 바라보며 한참을 고민했다. 그리고 마침내 결론을 내렸다.

'봉쇄 작전으로 간다!'

이쪽은 군량도 넉넉하고, 군세도 자못 성대하다. 이제부턴 군량 싸움이다. 성안에 처박힌 왜적들은 독 안에 든 쥐, 그물 안의 물고기와 마찬가지인 상태였다. 죽을 날만 기다리고 있을 것이다.

이 기회를 노려야 한다. 같은 실수는 없다!

'이번에 반드시 성공하는 것이 지난번 전몰한 병사들에 대한 일말의 보답이다.'

순간, 장군의 머릿속으로 지난 9월, 10월에 있었던 1차 순천왜성 전투의 모습들이 스쳐 지나갔다. 적의 탄환에 푹푹 쓰러지던, 한 많은 조선의 전사들이여!

'얼마나 많은 병사들이 죽어갔던가!'

특히 10월 2일과 3일의 전투는 격렬했다. 육군 쪽에선 2일 하루에만 800명의 전사자가 나왔다. 3일에는 명나라 수군의 전함 39척이 불타거나 나포되고, 300여 명의 사상자가 나왔다. 첸린 도독도 거의 죽을 뻔하다가 조선 수군에 의해 겨우 구출됐다.

조선 수군의 피해도 컸다. 사도첨사 황세득과 군관 이청일, 그리고 이름 없는 병사들 29명이 전사했다.

황세득은 임진년 당포해전 때부터 함께한 전우이자, 아내 사촌언니의 남편이라 슬픔이 더욱 컸다. 그럼에도 장군은 장수들 앞에선 이렇게 말해야 했다.

황세득은 나라를 위해 죽었으니, 그 죽음은 영광이네.

이청일은 총기를 가졌던 젊은 군관이었지만, 제대로 꽃도 피워보지 못하고 그렇게 허무하게 갔다. 장군은 그와 함께 죽어간 스물아홉 명의 고귀한 영혼들을 떠올리며 눈을 감았다.

'하루빨리 이 비극을 끝내야 한다.'

이순신 장군은 비통한 마음에 한동안 꼼짝달싹하지 못했다. 마치 돌이 된 것 같았다. 아니 지금 마음 같아선 오히려 돌이 되는 게 더 나을 듯싶었다.

하지만 돌이 될 순 없었다. 어떡해서든 움직여야 했다. 자신의 어깨 위에는 800만 조선 백성의 운명이 얹혀 있었으므로.

장군은 한동안 해변의 바위처럼 꼼짝도 하지 않은 채 순천왜성을 바라만 보았다.

오늘따라 석양이 슬프게 울고 있었다. 피눈물을 흘리고 있었다.

– 끼룩끼룩.

바깥에선 갈매기의 울음소리가 들려왔고, 핏빛의 태양이 남해 바다를 붉게 물들이며 수평선 아래로 사라져갔다.

어느덧 시간은 술시(밤 7~9시)를 향하고 있었다.

❖ ❖ ❖

해시(오후 9~11시), 장도의 명 도독부 막사.

첸린은 왜 사신의 접견을 받고 있었다. 왜 사신은 심각한 표정을 지으며 따지듯 물었다.

"대인, 저희 고니시 장군은 오늘 대인께서 보이신 행동에 심히 실망했다고 합니다."

첸린은 살짝 당황한 듯 헛기침을 해댔다.

"어험, 어험. 그게 말이다…. 조선의 통제사가 막고 있어 어쩔 수 없었다."

순간 왜 사신이 첸린에게 엎드려 절하며 애원했다.

"대인, 선발대가 힘들다면 배 한 척만이라도 남해도에 가도록 허락해 주소서. 고니시 님께서 사위인 소 님과 간절히 할 말이 있다고 합니다. 부디…."

"…."

첸린은 대답 대신 안타깝다는 표정으로 왜 사신을 바라보았다. 그 표정에는 뭔가 빈틈이 있어 보였다. 찰나의 순간에 첸린의 본심을 엿본 왜 사신은 필사적으로 외쳤다.

"대인, 저희의 길을 터주시면 수급 1천을 바치겠습니다!"

순간, 첸린의 눈썹이 파르르 떨렸다. 마음이 흔들린다는 징표였다. 하지만 그는 자신의 본심을 들키고 싶지 않았다. 첸린은 류팅을 끌어들이며 짐짓 허세를 부렸다.

"흥, 류팅에게는 2천 수급을 바친다고 들었다. 내가 류 제독보다 못한가?"

"헉…. 그럴 리가요."

왜 사신은 당황한 듯 눈알을 굴려댔다. 하지만 지금이 마지막 기회, 지푸라기라도 잡아야 한다. 순간적으로 기지를 발휘한 왜 사신은 첸린에게 거부할 수 없는 제안을 했다.

"제가 머리가 나빠 숫자를 잘못 말했습니다. 길을 터주시면 수급 2천을 바치겠습니다, 대인."

"컥!"

왜 사신의 제안을 듣자마자 첸린은 숨이 막힌 듯 고개를 뒤로 젖혔다.

'수급 2천이면… 봉작도 받을 만한 숫자!'

첸린은 커진 콧구멍으로 숨을 들이쉬며 가슴을 진정시켰다. 그런 다음 왜 사신에게 다시 물었다.

"정말로 가능하긴 한 거냐?"

"가능합니다. 예교만으론 모자라지만 남해도에만 보내주시면 충분히 확보할 수 있습니다."

왜 사신은 땅바닥에 머리를 맞닿은 채 필사적으로 외쳤다.

"흠…."

첸린은 알고 있었다. 수급 2천이 왜병들의 것이 아니라 대부분 조선 포로들의 목일 거라는 걸. 그래서 저들은 조선인 부역자들이 많은 남해도에 필사적으로 가려 하는 것이겠지.

첸린은 찰나의 순간 동안 양심의 가책을 느꼈다. 하지만 그 느낌은 눈앞의 이익 앞에 순식간에 사그라졌다.

'불쌍한 조선 사람들아, 날 원망하진 마라. 지금 시류가 그렇다, 시류가. 명나라 장수의 태반이 주화파인데, 한낱 한 줌밖에 안 되는 나 같은 주전론자는 설 땅이 없어. 그나마 나는 최선을 다했다네.'

자기 합리화를 하는 데는 약간의 시간이 필요했다. 그리고 그 순간, 얼마 전 류팅이 자신에게 했던 말이 떠올랐다.

첸 총병, 지금 우리가 하는 건 그저 지연 작전일 뿐이오. 겁쟁이라서 안 싸우는 게 아니란 말이오. 아니, 겁쟁이라 불러도 좋소. 싸우지 않는 장수는 혹 잘못되더라도 그저 유배에 그치지만, 패전한 장수는 사형이오, 사형! 싸움에 나갔다 패전하는 건 도리어 황상의 위엄에 먹칠을 하는 것인 걸 왜 모르시오!

그 말을 들은 첸린은 아무 대꾸도 할 수 없었다. 1차 순천왜성 전투 전이라면 모를까, 그 전투 이후 계속해서 눈앞에 비명을 지르며 죽어가는 부하들의 모습이 아른거렸기 때문이었다.

'그래, 이 모든 건 황실의 권위를 실추시키지 않기 위함이다!'

이윽고 첸린은 천근같이 무겁던 입을 열었다.

"알았다. 내 너희가 나가는 걸 허락하마! 내일 새벽 몰래 빠져나가라. 단 인원은 여덟 명을 넘어선 안 된다!"

"가, 감사합니다. 첸 도독 각하!"

왜병 사신이 엎드린 채로 연신 땅에 머리를 박으며 감사를 표했다.

'뭐, 한 척 정도는 괜찮잖아?'

첸린이 연신 절하는 사신을 보며 쓴웃음을 지었다.

7. 동짓달 열나흘(11월 14일):
접선

인시(새벽 3시~5시), 장도 남쪽 명나라 관할 해역.

순천왜성 선착장에서 왜의 협선 한 척이 몰래 빠져나왔다.

그때 야간 감시를 맡은 명나라 창선(정원 40명의 중소형 함선)이 서서히 다가오더니 왜선 앞을 막았다. 왜병들은 횃불을 이용해 수신호를 보냈다.

창선 갑판 위로 횃불을 든 명나라 파총(중급 지휘관)이 나타나 외쳤다.

"왜놈들이 여긴 무슨 일이냐?"

왜병 중 하나가 통행 허가증을 보이며 소리쳤다.

"여기, 첸 도독으로부터 받은 허가증과 표하(標下, 군문 출입증)요!"

이윽고 쾌속선이 천천히 창선으로 다가갔다. 왜병들의 허가증을 살핀 파총이 중얼거렸다.

"상부에서 이야기한 놈들이 네놈들이냐?"

"그렇소이다!"

왜병 중 하나가 한어로 답했다. 수를 세어보니 여덟 명, 명나라 파총은 고개를 끄덕이며 부하들에게 외쳤다.

"좋다. 보내줘라!"

"是(알겠습니다)."

– 쏴아, 쏴아.

왜의 소선이 명나라 창선 옆을 유유히 지나 동쪽으로 향했다.

"자, 빨리 빠져나가자."

"자자, 어서!"

왜병들은 숨을 죽이며 배를 몰았다.

그렇게 해서 왜병 여덟 명이 남해 섬으로 빠져나가고 만다.

❖ ❖ ❖

해시(밤 9~11시), 조선 수군통제사 막사.

"통제사또, 아뢸 것이 있사옵니다."

늦은 밤, 송희립이 이순신 장군을 찾았다. 일지를 기록하던 장군이 고개를 들며 답했다.

"오, 송 군관. 무슨 일인가?"

"술시(저녁 7~9시)에 왜장이 소선을 타고 도독부에 들어와, 돼지 두 마리와 술 두 통을 진 도독에게 바쳤다고 합니다."

"뭐라?"

장군은 깜짝 놀라 되물었다. 만일 그게 사실이라면 굉장히 꺼림칙한 일이다. 장군은 미간을 좁힌 채 송희립에게 물었다.

"오늘 정오에도 왜선 두 척이 들렸다고 했잖은가?"

"맞습니다. 저녁때 추가로 온 것입니다."

오늘 낮에 이미 녀석들이 홍기와 환도 등을 바쳤다고 들었다. 그런데 또 방문했다니. 양측 간의 교감이 없다면 불가능한 일이었다.

'진 도독… 그대도 한낱 모리배일 뿐이오?'

입 안이 씁쓸해졌다. 첸린이 왜놈들에게 넘어가는 것만큼은 막고 싶었다. 아니 막아야 했다. 행여나 첸린이 고니시의 뇌물에 넘어가 출전을 거부한다면, 왜군 섬멸이라는 목표는 한낱 신기루가 될 뿐이니까.

"음, 알겠네."

장군은 손에 들고 있던 붓을 던지고선, 팔짱을 낀 채 굳은 표정으로 고민에 빠졌다. 그리고 잠시 후 송희립에게 말했다.

"송 군관, 내일 아침 일찍 진 도독 막사로 함께 가세나."

"어찌하시렵니까?"

"어찌 된 일인지 소상히 알아봐야겠네. 이대로 넋 놓고 있을 순 없잖은가?"

❖ ❖ ❖

같은 시각, 명 도독부 막사.

왜군 사신이 돌아간 지 꽤 시간이 흘렀지만, 첸린은 여전히 책상 앞에 턱을 괸 채 한참이나 생각에 빠져 있었다. 곧 '수급 2천'으로 바뀔 조선 포로들, 그리고 남해로 가는 걸 눈감아 준 왜선 등에 대한 생각이었다.

'내 부하들을 지키고, 전쟁을 일찍 끝내려면 불가피한 선택이다.'

원래 전쟁이란 그런 것이다. 너를 죽이지 않으면 내가 죽는다. 그래서 서로 속고 속이는 것이다. 비정하지만 어쩔 수 없는 현실이다. 첸린은 이런 식으로 마지막 남은 죄책감을 씻어냈다.

하지만 문제는 따로 있었다. 첸린은 유독 한 사람이 계속 마음에 걸렸다. 이순신이었다. 이유는 모른다. 그는 언제부턴가 이순신만 보면 주눅이 드는 자신을 발견하고 있었다.

'문제는 이순신인데… 어떻게 그 사람을 설득할 것인가?'

첸린은 고민에 고민을 거듭했다. 그러던 어느 순간, 뭔가 뇌리를 스쳤다.

'그래, 이걸 보면 뭔가 느끼는 게 있겠지!'

첸린은 갑자기 붓을 들어 다음과 같은 시를 써 내려갔다.

[吾夜觀乾象, 晝察人事, 東方將星, 將病矣, 公之禍不遠矣, 公豈不知耶 何不用武侯之禳法乎(나는 밤에는 천문, 낮에는 사람의 일을 살핍니다. 그런데 동쪽의 장군별이 점차 희미해져 가니 이는 곧 장군께 화가 미칠 것을 나타낸 것입니다. 공께서도 이를 모르시지 아니할 터, 어째서 무후(제갈량)의 옛 방도를 따르지 않소이까)?]

겉보기에는 장군의 안위를 걱정하는 듯한 글귀였으나, 사실은 '당신이 죽을 수도 있으니 어서 빨리 이 의미 없는 전쟁을 끝내자'는 무언의 압박이었다. 일종의 선문답 같은….

붓을 내려놓은 후, 첸린은 종이를 겹겹이 접었다. 그리고 부관에게 종이를 전하며 말했다.

"이 서신을 이 통제에게 전하라."

"네, 알겠습니다."

부관은 종이를 건네받고 막사 밖을 나섰다. 첸린은 손을 비비며 중얼거렸다.

"이 통제, 우리 다 같이 삽시다."

❖ ❖ ❖

"제발 살려주십시오!"

물에 빠진 생쥐 꼴을 한 왜병들이 가림막 뒤쪽에 앉은 시마즈 요시히로를 향해 엎드려 애원하고 있었다. 순천왜성에서 탈출한 그 여덟 명의 왜병이었다. 온몸에선 짠내가 진동했다.

이곳은 남해 동쪽의 창선도 왜군 집결지. 며칠 전 이곳에 온 시마즈가 이들로부터 순천왜성의 상황을 보고받는 중이었다. 그는 무미건조하게 되물었다.

"상황이 그리 어려운가?"

"군량은 다 떨어져 가고, 사기는 바닥입니다. 지금 저희는 그물 안의 물고기입니다. 제발 구원해주소서!"

여덟 명의 왜병들은 무릎 꿇은 채 모두 벌벌 떨고 있었다. 안 그래도 규슈 출신이라 조선의 겨울을 춥게 느꼈는데, 여기까지 오면서 바닷물에 쩐 탓에 도무지 떨리는 걸 멈출 수 없었던 탓이다.

그들을 빤히 쳐다보며 하얀 수염을 만지던 시마즈가 마침내 입을 열었다.

"거 참, 세쓰노카미 사마가 그렇단 말이지? 일이 난처하게 됐구나."

시마즈는 벌떡 일어나 가림막을 젖히며 외쳤다.

"긴급 상황이다. 장수들보고 어서 모이라 캐라!"

❖ ❖ ❖

같은 시각, 한양 정릉동 행궁 별전.

이른바 조선의 왕이라는 이연이 생각에 잠겨 있었다.

'자, 류성룡은 마무리됐고….'

조정에선 계획대로 류성룡을 파직하고 삭탈관작하라는 상소가 빗발치고 있었다. 물론 자신이 뒤에서 조종하는 것이었다. 이 사안은 며칠간 시간을 끌다 나중에 못 이기는 척 파직시키면 됐다. 이제 류성룡은 완벽히 제거한 셈이다.

'이제 이순신 하나 남았군. 너만 믿는다. 손문욱.'

며칠 전 순천에 밀사를 보낼 때, 그를 선전관으로 임명한다는 교지와 비밀 편지를 함께 보냈다. 이순신에게 교란된 정보를 주고, 또 그의 일거수일투족을 감시해 꼬투리가 될 만한 걸 잡기 위해서였다. 이런 더러운 일에는 조선과 왜를 오가는 '경계인'인 손문욱이 제격이었다.

'그런 점에선 참, 요시라가 잘했단 말이야.'

문득 지난 5월, 한성에 사신으로 왔다가 명군에 구류됐던 요시라가 떠올랐다.

쓰시마 출신인 요시라는 조선과 왜를 오가며 사신 노릇을 했는데, 작년 초 특히 그 활약이 돋보였다. '가토 기요마사가 바다를 건너니 요격하라'는 정보를 조선에 흘려, 이순신을 압박할 명분을 제공했기 때문이다.

물론 요시라가 그 '정보'를 줬을 때는 이미 가토가 바다를 건넌 뒤라, 아무 가치도 없는 것이었지만 상관없었다. 어차피 이순신을 가두고, 원균을 통제사로 앉힐 핑곗거리만 있으면 됐으니까.

'그런데 설마 주사가 전멸할지 누가 알았나?'

하지만 작년 7월 칠천량에서 거짓말처럼 조선 수군이 전멸해버리자, 이연은 식겁하며 부랴부랴 이순신을 삼도수군통제사로 재임명해야 했다. 심지어 왜군이 파죽지세로 북상할 때는 아예 수군 자체를 해체하고, 두 번째 몽진까지 생각할 정도로 절박한 상황에 내몰렸다. 이순신의 능력을 과소평가하고, 원균의 능력을 과대평가한 오판의 대가는 너무나 가혹한 것이었다.

요컨대 이연으로선 요시라의 간계를 역이용해 이순신을 제거하는 데까지는 성공했으나, 이게 나라를 망하게 할 수도 있다는 건 꿈에도 몰랐던 것이다. 그야말로 빈대 잡으려다 초가삼간을 홀라당 태울 뻔했던 것.

그랬던 것이 직산과 명량에서 연이어 기적이 터지고, 마침내 올해에 도요토미까지 죽는 천운이 따르자 그제야 겨우 한숨 돌린 상황이 된 것이다.

그리고 이제 어느 정도 여유가 생기자, 이연은 다시 자신의 주특기인 정치공작을 시도하기로 했다. 때마침 6개월 전, 요시라가 강화회담을 위해 한성에 온 건 더할 나위 없이 좋은 기회였다.

'이순신을 가둔 원인과 주사가 전멸한 걸 모두 요시라 탓으로 돌려 책임을 회피하자.'

그렇게 그는 짐짓 화가 난 척 연기하며 요시라를 명나라 측에서 감금하도록 요청했다. '이 왜적과는 원한이 깊이 쌓여 뼈에 사무치고 있다'라는 표현까지 써가면서 말이다. 요시라는 버리긴 아까운 패였으나, 그에게 죄를 덮어씌우지 않으면 대소신료와 조선 백성의 모든 원망은 자신에게로 향할 터.

사실 이즈음 이연은 자신의 어좌가 가시방석이었다. 다들 말을 안 해서 그렇지 왜적의 재침을 허용한 가장 큰 책임은 임금에게 있다는 건 누구나 알고 있었다. 애초에 이연이 이순신을 잡아들이는 미친 짓을 하지 않았다면, 왜적은 군량을 바다로 수송할 수 없기 때문에 북진이 불가능했다. 그러면 정유재란이 일어나지도 않았을 것이고, 그렇게 됐으면 수십만 명의 백성들이 죽는 일도 없었을 것이다.

이연은 자신의 실책을 뒤집어씌울 희생양으로 요시라를 선택했다. 전형적인 토사구팽이었다. 그 결과, 요시라는 명에 의해 요동으로 끌려가게 됐다.

이순신 장군을 파직하기 직전인 작년 1월, 이산해를 비롯한 궁중 대신들이 '요시라와 평행장(고니시 유키나가)에게 포상해야 합니다'라고 하고, 또 김응서가 실제로 벼슬과 80냥을 하사했던 것과는 완전히 딴판인 대우였다.

하지만 요시라라는 패가 사라지면서, 이순신을 정치공작으로 제거할 수단이 사라졌다. 이게 못내 아쉬웠던 이연은 새로운 인물을 모색하기 시작했다.

'조선과 왜를 오가며 이순신에게 잘못된 정보를 주거나, 그의 실책을 낚아챌 수 있는 자가 필요하다.'

이런 생각을 하고 있었는데, 마침 9월에 띵잉타이의 참주 사건이 터져버렸다. 명나라가 자신을 버릴지도 모른다는 사실에 충격을 받은 이연은 7일이나 정무를 보지 않았다. 그는 이 시기 권좌를 잃어버릴까 봐 노심초사했고, 정신병은 더욱 악화되었다. 대신들에게는 양위 의사까지 밝혔다.

그때 거짓말처럼 이문욱과 접선했다는 전라병마사의 장계가 올라왔다. 작년, 조선 측과 접선하다 한동안 연락이 끊겼던 이문욱이 갑작스레 다시 연락해 온 것이다. 이연으로선 어둠 속에서 한 줄기 빛을 만난 느낌이었다.

이문욱은 요시라처럼 조선과 왜를 넘나들며 정보를 줄 수 있는 인물이었다. 그 '정보'라는 게 진실이든 거짓이든 상관없었다. 그건 이쪽에서 얼마든지 가공할 수 있으니까. 그냥 이순신에게 역모의 누명을 씌울 단서만 있으면 됐다.

특히 올해는 작년과 다른 게, 이제 도요토미도 죽었기 때문에 왜군이 퇴각하는 건 기정사실이란 점이다. 따라서 작년처럼 나라가 망하기 직전까지 가는 상황은 없을 것이다. 그렇기 때문에 안심하고 이순신을 제거할 수 있는 환경이 조성되었다. 이연으로선 더이상 망설일 필요가 없었다.

그래서 이연은 이문욱이 제안한 '조선 수군을 남해 섬으로 유인

하겠다'라는 계략에 큰 관심을 보이게 됐다. 그때부터 그는 계속해서 이덕형에게 지령을 내려보냈다.

이때 이문욱에게 손 씨 성도 하사했는데, 이는 궁궐 무당의 조언에 따른 것이었다.

'녀석의 성씨를 손으로 바꾼 게 과연 효험이 있을까?'

이연은 긴가민가하면서도 무당의 뜻을 따랐다. 그렇게 이문욱은 손문욱이 되었다.

그리고 얼마 후, 이덕형으로부터 '손문욱을 진린 도독에게 보내일을 처리했다'라는 장계를 받았다. 하지만 불안했다.

바로 다음 날, 명나라 군문인 싱쩌에로부터 '이순신이 마음을 다해 왜적을 토벌하니 대단히 칭찬할 만하다. 그 공이 대단해 친히 은까지 하사했다'라는 말을 들었기 때문이다.

이연은 이순신에 대한 질투심으로 하루 종일 구토를 해댔다.

'왜 조선에 온 모든 명나라 관리는 나는 무능하다고 욕하면서, 이순신은 추켜세우는가? 이건 명나라 조정에서 꾸미는 모종의 음모가 아닐까?'

이연은 불안했다. 그래서 남쪽에서의 일이 어찌 진행되는지 궁금해 미칠 지경이었다. 급기야 7일에는 뜬금없이 남쪽 전선으로 시찰을 나가겠다며 생떼를 부렸다. 7년 전쟁 동안 단 한 번도 시찰을 나간 적이 없던 왕의 갑작스러운 행동에 사관마저 어이없어했다.

그즈음, 이순신이 이 모략에 넘어가지 않았다는 비밀 장계가 도착했다. 좀 더 강력한 권모술수가 필요하다고 느낀 이연은 손문욱에게 추가 지령을 보냈다. 어차피 끝난 전쟁을 하루빨리 마무리하고, 미래의 화근이 될 수 있는 이순신도 정리한 다음 정권의 안정을 꾀하는 게 급선무였으니까.

'흐흐흐, 손문욱 이놈아, 이순신의 일거수일투족도 놓치지 마라. 너만 믿는다.'

자신의 천재적인 권모술수에 만족한 이연이 누런 이를 드러내며 비열하게 웃었다.

8. 동짓달 보름(11월 15일):
불길한 조짐

진시(오전 7~9시), 명 도독부 막사.

아침부터 도독부 막사에 들른 이순신 장군이 첸린을 찾았다.

"진 도독, 내 여쭐 게 있어서 찾아뵈었습니다."

"뭡니까?"

"소서행장의 사신과 접선한 게 사실입니까?"

폐부를 찌르는 질문에 적잖이 당황한 첸린이 눈을 동그랗게 뜨고 큰소리로 답했다.

"이, 이보시오. 이 통제. 조선군은 천병의 진중을 염탐하는 게요?"

"염탐할 필요도 없지요. 진중에는 보는 눈이 많습니다. 왜선들이 저리 왔다 갔다 하는데 소문이 안 퍼지는 게 더 이상하지요."

"크흡…."

뭔가를 훔치다 들킨 쥐새끼처럼 놀란 첸린이 헛기침했다. 그는 장군의 눈치를 한 번 쓱 훑더니, 자세를 가다듬고 변명을 시작했다.

"이 공, 잘 들으시오. 옛 병서에도 이르길 물러나는 적을 굳이 쫓지 말라 했소. 만일 우리가 지나치게 샤오시를 자극했다간 구주(규슈) 본토에 있는 왜장들이 쳐들어올 것이오. 그렇게 되면 조선은 다시 전란에 휩싸이게 되는 것이외다."

"소서행장은 본국에 적이 많고, 왜국의 사정도 복잡하다 들었습니다. 그래서 더더욱 놈을 빨리 없애야 합니다. 그래야만 말씀하신 구주의 왜적들도 전의를 잃고 뿔뿔이 흩어질 것입니다."

"어허, 세상일이 그렇게 쉽지 않아요. 나는 그저 놈들의 추가 파병을 막기 위해 입에 발린 말을 하며 시간을 버는 거요. 만일 정말로 싸워야 할 때가 오면 내 목숨 걸고 싸울 테니 걱정하지 마시오."

첸린은 예의 그 능수능란한 화술로 자신을 변호했다. 이순신 장군은 끓어오르는 분노를 참을 수 없었지만, 더 이상 강하게 채근하진 못했다. 자칫하다 그의 심기를 건드리면 아예 출전 자체를 거부할 수 있기 때문이다. 명 수군을 다루는 일은 외줄을 타듯 아슬아슬한 일이었다.

"그 말씀 믿어도 되겠습니까?"

"어허, 이 공은 이때까지 속고만 사셨소? 내 비록 재주는 일천하나 황제 폐하의 명을 받고 이역만리인 이곳 소국까지 온 사람이

외다. 나를 의심하는 것은 황제 폐하를 의심하는 것이오!"

방귀 낀 놈이 성낸다고 첸린은 오히려 화를 내며 장군에게 달려들 듯 외쳤다. 이 이상 대화를 더 이어 갔다가는 위험하다고 느낀 장군은 다급히 그를 말리며 진정시켰다.

"음… 도독께서 그렇게까지 말씀하시니 내 안심입니다. 이 일은 더 묻지 않을 테니 노여움을 푸시지요."

"에이, 케헴!"

"그럼 이만 물러가겠습니다."

장군은 첸린에게 묵례한 후 막사를 나갔다. 장군이 나간 후, 첸린은 의자에 털썩 주저앉으며 한숨을 쉬었다.

"휴, 다행히 들키진 않았군."

❖ ❖ ❖

하지만 첸린의 본심은 곧 들킬 운명이었다. 이날 하루에만도 두 번, 세 번이나 고니시의 사신단이 배를 타고 건너와 첸린을 찾은 것이다. 그들은 큼지막한 상자도 여럿 운반했다. 분명 그 안에는 보검이나 은, 각종 보화가 들어있을 터였다.

이 모습을 지켜본 명나라 병사들이 삼삼오오 모여 수군거렸다.

"첸 도독이 왜놈들에게 뱃길을 터줄 거라네?"

"그럼, 전쟁이 끝나는 건가? 야호, 집에 갈 수 있겠구나!"

명나라 수군 진영에 '수군이 왜의 길을 터줄 것이다'라는 소문이 삽시간에 퍼졌다. 당연히 저녁쯤에는 조선 수군 진영에도 이 소문을 모르는 사람이 없게 됐다.

미시(오후 1~3시), 조선 수군통제사 막사.

송희립이 장군에게 명나라 진영에서 일어나는 일을 알렸다.

"장군, 왜군 측에서 진린 도독을 설득하기 위해 각종 선물을 바리바리 들고 찾아왔다고 합니다. 그것도 하루에도 두세 번씩이나 말입니다."

"흠… 조짐이 좋지 않군."

장군은 이마를 문지르며 눈을 감았다.

'진 도독, 부디 본인의 말대로 중심을 잘 잡으시길.'

❖ ❖ ❖

같은 시각, 순천 검단산성 조선 육군 진영, 도원수 막사.

권율과 이덕형, 손문욱이 회의하고 있었다. 이덕형이 걱정스러운 듯 말했다.

"탈영병이 너무 많아서 근심입니다."

"휴, 위병들의 근무 태만이 심각한 지경이외다."

권율이 한숨을 쉬며 맞장구를 쳤다.

조명 연합 육군의 근무 태세는 사실상 와해된 상황. 진중에는 류팅이 진을 물린다는 소문이 파다했다. 하긴 예하 장수들 대부분이 류팅을 따라 다들 계집 한두 명씩 끼고 다니니… 군대라고 할 수도 없는 지경이었다.

이덕형이 말을 이었다.

"거기다 왜군 쪽에서 조선 피로인들이 많이 넘어오지만, 그중 상당수는 간자가 아닌지 의심스러운 자들이 많더군요."

순간, 앞에 그 '간자' 같은 손문욱이 있다는 걸 깨달은 이덕형이 헛기침하며 말을 얼버무렸다.

"어험, 아, 물론 대부분은 우리 이 군관, 아니 손 군관처럼 조선에 충성할 사람들이지만 말이오."

손문욱은 그저 씩 한번 웃을 뿐이었다.

이 시기, 조명연합군과 왜군 측은 병사들의 탈영으로 골머리를 썩이고 있었다. 일반 백성들은 다들 전쟁이 사실상 끝났다는 걸 인식하고, 자기 이익에 따라 조선에 붙거나 혹은 왜국에 붙는 상황이었다.

그때 한성에서 온 전령이 허겁지겁 들어왔다.

"좌상 대감, 도원수 대감. 여기 주상께서 보내신 서간이옵니다."

"오, 자넨가. 수고했네. 주상께선 평안하신가?"

"네, 무고하십니다."

전령은 평소 워낙 자주 들러 얼굴이 익은 자였다. 얼마나 급하게 왔는지 먼지투성이인 데다, 안색도 초췌한 게 안쓰러웠다. 이덕형은 전령을 한 번 힐끗 본 후, 그가 건넨 왕의 고신과 비간 세 통을 받아들었다. 고신은 이문욱, 아니 손문욱을 선전관에 임명한다는 것이고, 비간은 각각 자신과 권율, 그리고 손문욱에게 주는 것이었다.

비간을 다 읽은 이덕형이 옆에 있던 손문욱에게 왕이 하사한 고신을 보여줬다.

"마침 잘 되었군. 자네를 종구품 선전관으로 임명한다는 고신일세. 주상 전하의 뜻을 받들게."

"삼가 받들겠습니다!"

그때 옆에 있던 권율도 웃으며 손문욱에게 다가왔다.

"겹경사군. 주상께서 자네를 내 종사관 밑에 두길 원하시네."

"서, 성은이 망극하나이다!"

손문욱은 연신 머리를 조아리며 절을 올린 후 고신을 받들었다. 의식이 끝난 후, 이덕형이 비간을 건넸다.

"여기 주상의 명령이 들어있을 걸세. 충심을 보일 좋은 기회니 최선을 다하게."

"명심하겠나이다. 견마지로를 다하리다."

손문욱은 다시 절을 올린 후, 왕의 비간을 받들었다. 손문욱은 곧바로 이덕형과 권율에게 인사를 올린 후 막사를 나왔다.

"그럼 두 대감님. 저는 먼저 진 도독에게 가보겠습니다."

"알겠네. 수고하게."

잠시 후, 막사를 나온 손문욱은 구석진 곳으로 가 몰래 비간을 뜯어보았다. 비밀 편지 안에는 다음과 같은 내용이 적혀 있었다.

[남쪽에서 조금이라도 역모의 기운이 보인다면 수단과 방법을 가리지 말고 막아라. 은근히 화를 돋우는 것도 좋은 방책일 것이다. 남도에선 네가 나의 분신이다. 필요하면 소서행장과도 접선하라. 후환을 잘 막는다면 큰 상을 내리리라.]

그 글을 읽은 손문욱의 눈이 게슴츠레해졌다. 이건 생애 최대의 기회가 될 것이다!

'크흐흐, 조선에서의 출세는 따 놓은 당상이군!'

손문욱, 아니 후미노리 쥬베에는 기분 나쁜 미소를 지으며 비간을 품에 넣은 후, 곧바로 일어나 문을 나섰다.

"자, 그럼 일단 먼저 첸린한테 가볼까?"

❖ ❖ ❖

신시(오후 3~5시), 장도의 명 수군 도독부 막사.

막사를 방문한 손문욱이 첸린을 만났다. 둘은 지난달에 이미 한 번 만난 적이 있었다.

첸린이 손문욱에게 물었다.

"음, 너도 참 끈질기구나. 남해를 꼭 공략하라는 말이냐?"

"그렇습니다, 대인. 순천왜성에는 왜적이 1만 3천이나 있지만, 남해에는 기껏해야 1천 정도입니다. 남해를 친다면 성을 함락하는 건 '식은 죽 먹기'일 것입니다."

"흠…."

첸린은 이 손문욱이란 자를 의심스러운 눈초리로 바라보았다. 이 자는 원래 대마도주인 소 요시토시 밑에 있다가 조선에 귀부했단다. 그래서 지금 소가 있는 남해 섬의 사정을 잘 안다고.

자기주장으론 조선 피로인 출신이라고 했는데, 워낙 거짓이 난무하는 세상이다 보니 한 귀로 듣고 한 귀로 흘려보냈다. 이름도 저번에는 이문욱이랬다가 지금은 손문욱이란다. 임금으로부터 손씨 성을 하사받았다고 한다.

보아하니 접반사 이덕형의 신임은 많이 받는 모양으로 예전에도 자신과 이순신에게 남해 공략의 필요성을 역설했더랬다.

"원래 네 주군이었던 종이쮜(소 요시토시)가 샤오시의 사위렸다. 그 샤오시를 구하기 위해 우릴 일부러 남해로 꾀려는 건 아니냐?"

첸린의 날카로운 질문에 손문욱이 찔끔 놀랐다. 하지만 그는 최대한 침착하게 대꾸했다.

"그, 그럴 리가 있겠습니까. 대인, 저는 다만 원래 조선 사람이라 저 왜놈들을 쫓아내려는 것뿐입니다."

"하하하, 그 뜻이 가상하구나."

첸린은 머리를 젖히며 한바탕 크게 웃었다. 그런 자신을 유심히 살피는 손문욱의 눈빛이 언뜻 스쳤다. 첸린은 미소를 지으며 그에게 말했다.

"가서 기다려라. 내 최대한 힘써 보겠다."

❖ ❖ ❖

해시(밤 9~11시), 순천왜성 혼마루 어전.

손문욱, 즉 후미노리가 고니시를 만나고 있었다. 후미노리가 고니시에게 낭보를 알렸다.

"기뻐해주십시오. 비록 말단이지만 조선 왕이 절 선전관 겸 종사관으로 임명했습니다."

"오오, 그런 기쁜 일이!"

"그렇습니다. 모든 건 계획대로 진행되고 있습니다."

후미노리가 품 안에서 고신과 표신 등을 꺼내 보여줬다. 고니시의 얼굴에 화색이 돌았다.

"하하하, 드디어 우리 작전이 성공했구나. 수고했다. 후미노리! 정말 큰일을 했어!"

고니시는 천장을 올려다보며 두 손을 모았다.

"어제 연락선을 보냈고, 오늘은 너까지! 역시 데우스 님은 날 버리지 않았도다!"

"선전관이 되었으니 이제 군관과 노복도 대동해 전장에 나갈 수 있습니다. 이걸 이용해야 합니다."

"그래야겠지. 이때까지 이순신을 암살하지 못한 게 다 조선 수군의 경계가 삼엄해서지 않은가?"

고니시의 대답에 후미노리가 고개를 끄덕였다. 조명 연합 육군은 군기가 무너진 상황이었지만, 통제사 이순신이 이끄는 조선 수군은 엄중한 규율과 삼엄한 경계로 애초에 진중에 들어가는 것 자체가 힘들었다.

고니시가 말을 이었다.

"내일 이순신에게 마지막으로 사신을 보낼 것이다. 만일 그게 실패하면 '마지막 계책'을 시행하리라."

"알겠습니다. 이순신을 끝장내지 않으면 이 전쟁은 끝나지 않으니까요."

후미노리와 고니시는 서로를 쳐다보며 의미심장한 미소를 지었다.

❖ ❖ ❖

같은 시각, 조명 연합 수군 진지로부터 동쪽 뱃길로 90리 떨어진 창선도 적량. 왜군 진영.

사천의 시마즈와 남해의 소 요시토시, 그리고 고성의 다치바나

무네시게가 함께 모여 작전회의를 펼치고 있었다. 어젯밤부터 연달아 회의가 열렸고, 마침내 고니시를 구하기 위해 350척을 보내기로 중지가 모아졌다.

대충 자기 뜻대로 결론 나자, 소가 안도의 숨을 내쉬며 말했다.

"그나마 장인어른(고니시 유키나가)의 전령을 맞을 수 있어서 천만다행입니다."

"하늘이 주신 이 기회를 놓쳐선 안 됩니다."

다치바나가 소의 말에 동참했다. 두 사람의 말을 들은 시마즈가 굳은 표정으로 고개를 끄덕였다.

"그래, 지금 순천에 발이 묶인 장수들은 고니시 님 외에도 마쓰라 시게노부, 아리마 하루노부, 오무라 요시아키, 고토 하루마사 등이 있다. 모두 규슈의 가문들이지. 고향으로 돌아간 뒤에도 우리 시마즈 가문이 규슈에서 주도적인 역할을 되찾기 위해선 지금 이때 은혜를 베푸는 것도 나쁘지 않겠구나."

과연 영민한 시마즈였다. 조만간 도쿠가와 가문과 도요토미 가문의 일대 결전은 불가피할 것으로 판단, 향후 규슈에서 주도적 역할을 되찾기 위해 미리 선수를 친 것이다. 하긴 임진왜란 직전인 도요토미의 규슈 원정(1586) 이전까지만 해도 시마즈 가문은 치쿠젠과 분고를 제외한 규슈 전역을 지배했던 제1의 가문 아니었던가!

결심이 선 시마즈는 벌떡 일어나 다치바나와 소를 향해 명령했다.

"고니시 장군을 구하러 순천으로 출전한다. 다들 만반의 준비를 갖추도록."

"하잇!"

"하!"

다치바나와 소가 고개를 숙이며 시마즈의 명령을 받들었다. 그들 뒤로 보이는 막사 안의 횃불이 무섭게 타오르고 있었다.

9. 동짓달 열엿새(11월 16일):
대충돌

사시(오전 9시~11시), 장도의 조선 수군 진영.

이순신 장군은 영 찜찜한 기분을 거둘 수가 없었다. 어제 첸린으로부터 다짐을 받았지만, 사람의 약속이란 게 얼마나 허망한 것인가? 특히 송희립이 전해온 정보는 거의 날벼락 수준이었다.

"장군. 진린 도독이 아침 일찍 명나라 사신을 왜군 측에 보냈다고 합니다."

"그게 정말인가?"

"네, 장군. 그 보답으로 왜적들은 큰 배에다 말과, 창, 칼 등 온갖 것을 싣고 왔다고 합니다."

"끄응…."

장군은 자신도 모르게 탄식을 내뱉었다. 송희립이 그런 장군을 걱정스레 쳐다보며 물었다.

"진 도독이 왜군과 모종의 거래를 하는 게 아닐까요?"

"흠… 소서행장의 뜻대로 움직이면 정말 큰일인데."

장군은 짧은 탄성과 함께 입술을 깨물었다. 그때 전령이 와 장군께 말했다.

"통제사님, 진린 도독이 보자고 하십니다."

"음, 그래? 마침 잘됐구나. 알았다. 지금 가마."

❖ ❖ ❖

잠시 후, 명 도독부 막사.

이순신 장군이 막사로 들어서며 첸린에게 인사를 건넸다.

"하실 말씀이 있다고요. 대인."

"아, 어서 오시오. 이 공."

첸린은 장군을 보며 고개를 끄덕인 후 회의용 책상으로 안내했다. 장군은 첸린을 마주 보고 앉았다. 뭔가 어색한 느낌. 막사 안의 공기는 두 사람의 표정만큼이나 차갑고 건조했다. 민망한 침묵의 시간이 흐른 뒤, 첸린이 무겁게 입을 열었다.

"이 공, 이제 저들과 화친하는 게 어떻겠습니까? 더 이상의 살생은 무의미하오."

'올 게 왔구나.'

그 말을 듣는 순간, 장군은 뒤통수를 맞은 느낌이었다. 한 달 전도 아니고, 보름 전도 아니고, 불과 어제 했던 말을 이렇게 손바닥 뒤집듯 뒤집다니.

"하아…."

장군은 작은 탄식을 내뱉으며 눈을 감았다. 잠시 분노를 삭일 시간이 필요했다. 목구멍까지 올라온 고함을 꾹꾹 눌러 담은 후, 벼락같이 눈을 뜨며 말했다.

"대장은 화친을 말할 수 없을뿐더러, 원수를 놓아 보낼 수는 없소."

장군이 단칼에 거절하자, 첸린의 얼굴이 붉으락푸르락해졌다. 잠시 뾰로통하게 입술을 내밀던 첸린이 큰소리로 되받았다.

"이 통제는 병졸들의 목숨이 안 중요한 게요?"

"내 병졸 한 명 한 명이 왜놈들을 치길 원합니다. 그게 황상의 뜻이기도 하거니와!"

장군은 노기를 품은 채 큰소리로 되받아쳤다. 그 기세에 첸린은 주눅이 들어버렸다. 하지만 명목상 자신이 상관이다. 더 이상 밀릴 수 없다고 생각한 첸린이 가까스로 힘을 짜내 소리쳤다.

"왜적이 그냥 물러간다지 않소? 그런데 왜 의미 없는 싸움을 하느냐 말이오!"

"저 간사한 왜적들의 말을 믿는 겁니까, 대인? 저들은 임진년에 쳐들어왔다가 정유년에 재침했소. 지금 물러간다고 아양을 떨지만 5년 뒤 다시 침략해 올지 누가 안단 말입니까!"

장군은 단호히 맞섰다. 그 기세가 가히 우주를 삼킬 만큼 거셌다.

"그, 그…."

첸린은 뭔가를 말하려 했으나, 눈앞의 이순신이 너무 거대해 보여 차마 입을 떼지 못했다. 장군의 위압감에 압도당한 것이다. 첸린은 눈을 내리깔며 말했다.

"크흠, 아, 알겠소이다."

그렇게 첸린이 무안해하며 두 사람의 짧은 대화는 끝이 났다. 보아하니 첸린은 이미 전의를 상실한 모양이다. 조금 전까지만 해도 호랑이의 눈을 했던 장군이 이내 사슴의 눈으로 바꾸고 첸린에게 물었다.

"더 하실 말씀 있으십니까?"

"아, 아니 없소. 커험."

첸린은 헛기침을 하며 고개를 저었다. 목이 타오르는지 물을 벌컥벌컥 들이켰다. 그런 첸린을 무심히 바라보던 장군이 탁자에서 일어서며 말했다.

"그럼, 이만 물러가 보겠습니다, 대인."

그렇게 이순신 장군은 묵례한 후 막사를 나갔다.

첸린은 장군이 떠난 빈자리를 보며 짧은 탄식을 했다.

"후… 이건, 씨알도 안 먹히는군."

2각(30분) 후, 바깥에서 몰래 대기하던 왜 사신이 막사로 들어와 첸린에게 물었다.

"대인, 어떻게 됐습니까? 저희가 부탁한 건⋯."

눈을 동그랗게 뜨고 물어오는 왜 사신에게 첸린이 고개를 저으며 답했다.

"내가 너희 왜인을 불쌍히 여겨 조선의 통제사에게 말했으나 거절당했다. 이제 두 번 다시 말하긴 어렵다."

"아⋯."

"나는 할 만큼 했으니, 너희가 직접 이 통제를 설득해 보거라."

첸린의 말을 들은 왜 사신의 얼굴이 하얗게 질려 버렸다.

❖ ❖ ❖

미시(오후 1~3시), 조선 통제사 막사.

보초병이 허겁지겁 막사로 들어와 보고했다.

"통제사또, 저, 전할 말씀이 있습니다."

"무어냐?"

"그, 그게⋯."

보초병이 잠시 망설이더니 막사 문을 펼쳐 열며 말했다.

"왜군 측에서 사신을 보냈습니다요."

"뭐라?"

장군은 회의 탁자에서 급히 일어나 막사 바깥으로 나갔다. 바깥에는 뜻밖의 장면이 펼쳐지고 있었다. '이른바' 왜군 사신이 조총과 칼을 한 아름 끌고 와 막사 앞에서 기다리고 있었던 것이다.

사신들 중 우두머리로 보이는 녀석이 장군을 보자마자 머리를 조아리며 땅에 엎드렸다.

"통제사 나리, 저희가 준비한 선물입니다."

"…"

장군은 말없이 왜 사신을 내려다보았다. 사신은 무릎으로 기어와 장군의 다리를 붙잡고 외쳤다.

"이번에 저희의 퇴각을 눈감아 주시면 더 큰 선물을 드리겠나이다. 부디 부질없는 살생을 멈춰주소서!"

장군은 싸늘한 눈으로 왜군 사신을 바라보며 답했다.

"임진년 이래로 네놈들의 칼과 총을 무수히 빼앗아 산처럼 쌓였는데, 원수의 심부름꾼이 여긴 뭐 때문에 온 것이냐?"

"저희는 다이코 전하의 명에 따라 움직였을 뿐입니다. 이제 그분도 이 세상 사람이 아니니 그만 노여움을 푸소서."

"말 같지 않은 소리를 하는구나. 죽고 싶지 않다면 썩 물러가거라!"

장군의 추상같은 외침에 왜병은 땅바닥에 머리를 조아린 채 얼마간 부들부들 떨더니, 잠시 후 몸을 일으켜 막사 앞을 떠났다.

하지만 고니시는 끈질겼다. 얼마 후, 다른 사신 일행을 또 보낸 것이다.

"조선 수군은 마땅히 명나라 수군과 서로 딴 곳에 진을 쳐야 할 텐데, 어째서 같은 곳에 진을 치고 있는 것이오?"

장군은 콧방귀를 끼며 왜 사신에게 답했다.

"우리 땅에서 진 치는 것이야 우리 뜻에 따를 뿐, 너희들이 알 바 아니다."

"크, 크흡….."

이번 사신도 별 반박을 하지 못한 채 그저 물러날 뿐이었다.

장군을 포섭하려던 고니시의 무모한 시도는 이렇게 씨알도 안 먹힌 채 끝이 났다.

그런데 유시(저녁 7~9시) 경, 장군은 청천벽력 같은 소식을 송희립으로부터 전해 들었다.

"장군, 큰일 났습니다. 진 도독이 엊그제 왜선 한 척을 남해로 보내줬다고 합니다!"

"뭐, 뭣이?"

장군은 짧게 탄식했다.

"적들을 보내주다니 이런 낭패가….."

왜적을 남해로 보내준 건 작전상 치명적이었다. 장군은 왼손으로 얼굴을 감싸며 미간을 찌푸렸다. 그때 막사 안으로 전령이 들어왔다.

"통제사또님, 진 도독이 뵙자고 합니다."

장군은 굳은 표정으로 고개를 들어 답했다.

"알았다. 내 안 그래도 찾아가려 했다."

장군은 송희립과 함께 급히 막사를 나섰다.

❖ ❖ ❖

해시(밤 9~11시), 명나라 도독부 막사.

첸린과 이순신 장군이 탁자를 사이에 두고 마주 앉아 있었다. 장군 옆에는 여느 때처럼 역관이 앉아 있었고, 그들 앞에는 조촐한 안줏거리와 술잔이 놓여 있었다. 첸린이 장군에게 술을 기울이며 말했다.

"이거 번거롭게 해서 죄송합니다. 이 공."

"아닙니다. 하실 말씀이 있으시다고요. 도독."

"그렇소. 다름이 아니라….."

첸린이 침을 한 번 삼킨 후, 무겁게 입을 뗐다.

"나, 나는 말이오… 어험, 여기 샤오시는 잠깐 내버려 두고 먼저 남해도에 있는 적을 토벌하러 가야겠소."

첸린으로선 단단히 마음먹고 내뱉은 말이었다. 사실 그는 자신이 그동안 너무 이순신에게 끌려다닌다고 생각하고 있었다. 명색이 조명 연합 수군의 수장인데도 말이다. 3일 전, 이순신 때문에 억지로 장도로 끌려 나가 왜군에게 싫은 소리를 들어야 했고, 오늘 아침에는 좋은 의도로 화친을 맺자고 했더니 단칼에 거절당해 버렸다. 빈정이 안 상하면 이상한 일이다.

이런 상황에서 왜군이 제안한 수급 2천을 확실히 받으려면 이곳의 봉쇄를 풀고 남해로 가는 방법뿐이다. 거기다 조선 조정에서 보낸 그 손문욱이란 자도 남해를 공략하라고 하지 않았던가! '날 이렇게 만든 건 당신 때문이라고, 이 통제!' 첸린은 이렇게 생각하고 있었다.

하지만 이순신 장군은 첸린이 무슨 의도로 이 말을 꺼냈는지 이미 알고 있었다.

'지금껏 순천 앞바다를 잘 봉쇄해 왔는데, 뜬금없이 동쪽에 떨어져 있는 남해 섬으로 간다는 건, 마치 소서행장 보고 '내가 없는 틈을 타서 어서 탈출하시오'라는 것과 같다…. 왜적에게 포섭이 돼도 단단히 되었구나.'

첸린의 말을 듣고 한동안 말없이 술잔을 지켜보던 장군이 입을 열었다.

"남해 섬에 있는 사람들은 모두 적의 포로가 되었던 우리 백성들이지, 왜적이 아니오."

"크흠."

헛기침을 한 번 한 후, 첸린은 장군의 눈치를 살피며 조심스레 반박했다.

"이미 적에게 붙은 이상 그들 또한 적이라 할 수 있소. 이참에 거기 가서 토벌하면 힘들이지 않고 머리를 많이 벨 수 있을 것이오."

첸린의 말 같잖은 변명에 장군은 정색하며 또렷하게 반박했다.

"무릇 황제께서 적을 무찌르라고 명령한 까닭은 조선 사람들의 생명을 구하기 위해서였을 것이오. 그런데 지금 그들을 구하지 아니하고 도리어 죄로 다스려 죽인다면, 그것은 황상의 본의가 아닐 것이오."

장군의 촌철살인이 첸린의 가슴을 찔렀다. 정곡을 찔려 더욱 화가 났다. 특히나 '황상의 본의가 아닐 것이오'라는 말은 첸린의 역린을 건드렸다. 그는 버럭 화를 내며 의자에서 일어섰다.

"뭐, 뭐라!"

– 챙!

첸린이 허리춤의 칼집에서 검을 빼 들어 이순신 장군의 이마를 겨누었다. 호롱불에 비친 검신이 붉게 빛났다. 칼끝은 부들부들 떨리고 있었다. 첸린은 소리쳤다.

"우리 황제께서는 이 장검을 내게 하사하셨소. 전장에선 내 뜻이 곧 황상의 뜻이오!"

막사 안의 공기가 용암처럼 펄펄 끓었다. 첸린이 얼마나 열을 받았는지 그의 머리 위로 아지랑이가 피어오르는 것 같았다. 하지만 장군은 눈 하나 깜짝하지 않은 채 남은 술을 마실 뿐이었다. 그런 다음 천천히 일어나 첸린을 노려보며 말했다.

"정 남해 섬으로 가시려면 나를 먼저 죽이고 가시오."

장군은 고개를 들어 목을 내보인 후, 첸린의 칼끝을 잡아 자기 목에 가져다 댔다. 첸린의 눈이 휘둥그레졌다.

용암처럼 펄펄 끓던 막사 안의 공기가 마침내 대폭발을 일으켰다.

둘의 대화를 통역해야 할 역관은 벌벌 떨고만 있을 뿐 아무 말도 못 하고 있었다. 첸린은 그대로 장군을 주시한 채 역관에게 물었다.

"他說了甚麼(뭐라는 게냐)?"

"그, 그게…."

역관은 당황해 조선말만 내뱉었다. 열받은 첸린이 고래고래 고함쳤다.

"他說了甚麼(뭐라는 거냐고)!"

"他, 他說如果你想上南海島, 你得先殺了我(나, 남해도로 가려면 먼저 자기를 죽이랍니다)."

"甚, 甚麼(뭐, 뭐라)?"

이순신 장군의 뜻을 알아차린 첸린의 팔이 파르르 떨렸다. 화가 머리끝까지 치솟은 그는 어떡해서든 움직이려 했다. 하지만 움직일 수 없었다. 자신을 쳐다보는 이순신 장군의 눈빛에 사지가 마비

된 탓이었다.

그런 첸린을 바라보며 장군이 천천히, 그러나 또렷이 말했다.

"한 번 죽는 것은 아깝지 않소. 나는 대장 된 몸으로 결단코 적을 놔둔 채 우리 백성을 죽일 수 없소이다."

"이, 이…."

첸린은 칼을 휘둘러보려고 안간힘을 썼지만, 꼼짝도 하지 못했다. 오늘따라 이순신이 더욱 크게 느껴졌다. 첸린은 장군이 뿜어내는 권위와 위엄에 압도당하고 말았다.

가슴이 짓눌렸다. 숨을 쉴 수 없었다. 정신이 점차 혼미해지면서 앞이 잘 보이지 않았다.

"크흑!"

첸린은 고개와 검을 동시에 떨구었다. 이마에는 땀이 송골송골 맺혀 있었다. 첸린은 한숨을 내쉬며 말했다.

"아, 알겠소. 남해도 공략 건은 없던 걸로 하겠소."

가쁜 숨을 몰아쉬는 첸린을 한동안이나 말없이 쳐다보던 장군이 무겁게 입을 열었다.

"감사합니다. 그럼, 저는 이만."

장군은 첸린에게 묵례를 건넨 후 막사 입구 쪽으로 걸어갔다. 그의 얼굴은 어느새 죽음도 불사하는 용장의 얼굴에서, 인자한 선비의 얼굴로 바뀌어 있었다.

"아 참, 그런데 대인…."

막사를 막 나가려던 장군이 등 뒤만 보인 채 첸린에게 질문했다.

"혹시 이틀 전에 왜병들을 몰래 보내주셨소이까?"

첸린이 화들짝 놀라 되물었다.

"아니, 그걸 어떻게….."

첸린이 허둥댔다. 절대로 들켜선 안 될 비밀을 들켜버렸으니까. 하지만 곧 정신을 차린 첸린은 짐짓 엄한 소리로 자신을 방어했다.

"무, 무엄하다. 어찌 소방이 천병의 진중을 염탐하는가?"

장군은 여전히 뒷모습만 보인 채 대답했다.

"앞서도 말씀드렸지요. 염탐할 필요도 없습니다. 이미 진중에 소문이 파다하니까요."

"그, 그….."

첸린은 뭔가 변명하려 했지만 입이 열리지 않았다. 첸린은 숨이 턱 막히는 느낌이었다. 장군의 거대한 뒷모습이 그의 목을 옥죄었기 때문이다.

그때 장군이 비로소 고개를 살짝 돌리며 말했다.

"앞으로 큰 폭풍우가 불어닥칠 것입니다. 대비해야겠지요."

이 말을 남긴 채 장군은 막사 밖으로 나갔다.

– 휘이잉~!

장군이 나간 빈자리로 차가운 조선의 겨울바람이 들어왔다.

"하아…."

한순간에 긴장이 풀린 첸린은 다리가 풀리며 그대로 엉덩방아를 찧고 말았다. 그리고 그대로 멍하니 장군이 떠난 막사 입구를 쳐다볼 뿐이었다. 조선의 겨울바람이 차가운 것도 잊은 채.

10. 동짓달 열이레(11월 17일):
천명

진시(오전 7~9시), 조선 통제사 막사.

이순신 장군이 급히 모인 군관들을 향해 설명을 시작했다.

"사흘 전, 진 도독이 왜선 한 척을 남해로 보내도록 허가해줬다고 하네."

"아니, 그런!"

"통제사또, 그럼 그동안 우리가 왜교를 봉쇄했던 게 헛수고가 되지 않습니까."

장군의 말을 듣자마자 이영남, 이언량, 방덕룡, 고득장 등이 분에 차 일어나 외쳤다. 이순신 장군은 이들을 진정시키며 말을 이었다.

"자자, 진정들 하게. 안 그래도 내 진 도독에게 언성까지 높여가며 따졌네. 하지만 이미 물은 엎질러진 상황. 이제부터 어떻게 대응할지 논하고자 이렇게 모이라고 했네."

"제길, 이건 천병(天兵)이 아니라 옘병이구먼."

"도움이 안 돼요. 도움이….."

다들 한마디씩 투덜거리며 자리에 앉았다. 장군이 말을 이었다.

"왜선이 빠져나간 지 오늘로 4일째. 망꾼들에 의하면 사천과 남해 섬의 왜군들이 창선도 적량에 집결했다고 하네. 적의 원군이 반드시 올 테니 대책을 강구해야 하네."

장군의 말에 다들 웅성거렸다. 말없이 탁자 위의 해도를 바라보던 송희립이 장군께 말했다.

"제 생각을 말씀드려도 되겠습니까?"

"말하게."

송희립은 해도에 그려진 광양만과 노량 해협을 가리키며 자기 생각을 조목조목 밝혔다.

"일이 이 지경에 이르렀으니 어쩔 수 없습니다. 만일 소서행장의 의도대로 왜적의 원군이 온다면 저희는 꼼짝없이 갇히는 상황입니다. 이곳의 포위를 풀고 동쪽 바다로 나가 적과 일전을 겨루는 것이 불가피해 보입니다."

장군은 굳은 표정으로 고개를 끄덕였다.

"나도 왜병이 빠져나갔다는 소식을 듣자마자 그 생각을 했네. 다만….."

"다만… 이라면 어떤 뜻인지…?"

송희립이 되물었다. 그러자 장군은 해도의 섬들을 바라보며 답했다.

"사천과 곡성, 남해의 왜적들이 한꺼번에 쳐들어온다면 못 해도 350여 척은 넘을 걸세. 그렇게 되면 우리가 불리해. 우리한텐 판옥선이 70척밖에 없네."

"그라지라이. 천병의 함선이 300척이라 해도 다들 판옥선의 절반밖에 안 되는 크기니…."

"싸움할 때면 저쪽이 원군이 아니라 우리가 원군처럼 구해줘야 하니, 원."

이순신 장군이 한마디 하자 다들 너나 할 것 없이 말을 거들었다. 명 수군의 함대 규모가 300여 척이라고는 하나 어차피 큰 도움이 되지 않는다는 건 지난 전투에서 이미 경험한 바였다. 사실상 조선 수군의 판옥선 70척으로 왜적과 온전히 맞서야 하는 상황. 판옥선이 아무리 한반도 해역에 최적화된 전선이라 해도 왜선 350여 척은 일단 그 규모에서부터 엄청난 부담으로 다가왔다.

그때 함평현감 송섭이 한마디 거들었다.

"우리 쪽은 병력도 많이 모자랍니다. 그나마 있는 판옥선도 제대로 활용 못하는 건 아닌지 걱정입니다."

"알고 있네. 일단은 병력 배치를 최대한 효율적으로 하고, 다른 수도 생각해 봐야겠지."

장군도 고개를 끄덕이며 동의했다. 한동안 지도를 뚫어져라 쳐다보던 장군이 말을 이었다.

"근접전에다 야밤 전투가 될 가능성이 크니 아군이 훨씬 불리하네. 다만 전장을 우리가 선택할 수만 있다면 승산이 있긴 한데…."

장군이 지도를 보며 한마디를 더하자 다들 놀라 그 얼굴을 바라보며 물었다.

"승산이 있는 곳이 어딥니까?"

"어디서 싸우실 요량입니까요?"

장군은 부하 장수들을 한번 힐끗 쳐다보더니 차근차근 설명을 이어 나갔다.

"여기 오려면 노량 아니면 미조목을 거쳐야 하지. 우린 놈들을 노량으로 유인해야 하네."

장군의 의견에 다들 고개를 끄덕였다.

"적은 수로 놈들을 상대하려면 좁은 해협에서 싸울 수밖에 없겠군요."

"지난번 명량 때처럼 하실 요량이구먼요."

동쪽에 있는 왜적이 이곳 왜교성 앞바다로 오는 방법은 두 가지였다. 하나는 최단 거리인 노량 해협을 건너는 것, 또 하나는 남해 섬 남쪽을 우회해 미조목을 거쳐 오는 방법이었다. 그런데 미조목은 넓은 바다라 적들을 놓칠 수밖에 없다. 반드시 노량 쪽으로 유인해야 했다.

거기다 노량은 지난 임진년 2~4차 출정 때 거쳐 간 해협이라 조선 수군에겐 익숙한 장소였다. 개인적으로는 작년 7월, 칠천량 패전을 들은 직후 초계에서 노량까지 곧장 가서 수군의 상황을 들었기 때문에 지리 지형에 익숙했다. 노량을 전장으로 선택한다면 누구보다 유리한 위치에서 싸울 수 있는 것이다.

장군은 송희립과 경상우수사 이순신(李純信)에게 명령했다.

"세작들에게 앞으로 크게 왜교성을 칠 거라는 소문을 내게 하게. 그래야 놈들이 최단 거리를 선택할 테니."

"알겠습니다. 놈들은 철군 기한까지 지켜야 하니 더 안절부절못하겠지요."

"거기다 군량도 모자랄 테니 최대한 빨리 승부를 보려 할 겁니다."

장군이 고개를 끄덕이며 장수들에게 말했다.

"좋네. 자, 다들 알아들었나? 우린 노량에서 싸울 것이네."

"알겠습니다. 장군!"

장수들의 외침이 막사 안에 쩌렁쩌렁 울려 퍼졌다.

미시(오후 3~5시), 순천왜성 혼마루 어전.

후미노리가 고니시에게 보고를 올렸다.

"류팅이 얼마 전 조선 왕에게 진을 물리겠다고 했답니다. 지금 육군 쪽은 아예 방비가 없다고 보시면 됩니다."

"그래서 널 보낸 게 아니더냐. 그래, 남해 유인 작전은 어찌 되었는고?"

"그게… 이순신이 목숨 걸고 첸린을 막았다고 합니다."

"흠, 그렇단 말이지…."

고니시의 얼굴이 구겨졌다. 그의 오른쪽 손가락이 교소쿠(脇息, 팔걸이 받침대)를 다닥다닥 두드렸다. 가능성은 작다고 생각했지만, 그래도 나름 기대를 걸었던 묘책이었는데 실패했다니 씁쓸했다. 후미노리가 고민하는 고니시를 보며 말했다.

"주군, 이제 선택의 여지는 없습니다. '최후의 작전'을 시행할 때가 된 듯합니다."

"흠…."

고니시가 미간을 좁혔다. 후미노리 말처럼 이제는 선택의 여지가 없는 듯했다.

"하긴, 사신까지 보냈지만 꿈쩍도 안 하더군."

"제 명을 재촉하는 것이지요. 조선의 왕이 우리의 미끼를 덥석 문 이 기회를 놓쳐선 안 됩니다. 아, 물론 조선 왕이 속는 척하면서 속아주는 것인 줄도 모르지만요."

"하하하, 저번 요시라 때처럼 말이냐?"

후미노리의 말에 고니시가 크게 웃었다. 하지만 곧바로 심각한 표정이 되어 후미노리에게 되물었다.

"자칫하다간 죽을 수도 있다. 결심은 섰느냐?"

"위험을 무릅쓰지 않으면 큰 보상을 얻을 수가 없겠지요."

그 말에 피식 웃은 고니시가 품 안에서 가죽 주머니를 하나 꺼 냈다.

"옜다, 은자 100냥이다. 힘껏 애써보라!"

고니시가 가죽 주머니를 후미노리 앞에 던졌다. 그걸 낚아채듯 손에 쥔 후미노리가 음흉한 미소를 지으며 답했다.

"감사합니다. 세쓰노카미 사마!"

그와 함께 고니시가 벌떡 일어나며 크게 외쳤다.

"좋다. '최후의 작전'을 시행한다. 봉화를 올려라!"

❖ ❖ ❖

유시(오후 5~7시) 경, 묘도 조선 수군 진영.

장군은 섬의 동쪽 선착장에서 화약 재고와 각종 무기류를 점검 하고 있었다. 그때 복병장 발포만호 소계남과 당진포만호 조효열 이 통제사 막사 안으로 헐레벌떡 달려와 아뢰었다.

"통제사또, 남해 섬 남쪽에서 중형 왜선 한 척을 발견해 한산도 앞바다까지 추격했습니다."

뜻밖의 소식에 이순신 장군의 눈빛이 밝아졌다. 장군이 몸을 앞으로 내밀며 물었다.

"그래, 적의 상황은 어떠하던가?"

"배에 군량이 가득하더이다."

"음, 놈들이 움직이는구나. 이쪽도 서둘러야겠어."

장군은 고개를 끄덕이며 눈을 크게 떴다.

그때 뒤쪽에서 망꾼이 외치는 소리가 들려왔다.

"순천왜성에 있는 고니시 군이 봉화를 올렸다!"

장군과 장수들이 크게 놀라 외쳤다.

"뭐라?

"빨리 가보시죠."

장군과 소계남, 조효열 등이 섬의 서쪽으로 달려갔다.

– 화르르릉!

섬의 서쪽 해변에 와보니, 바다 건너 왜교성 주위로 크게 산불
이 난 게 보였다.

해변에는 이미 수많은 장병이 몰려나와 산이 불타는 장면을 구
경하고 있었다. 초저녁인데도 불구하고 왜교성 인근은 한낮처럼
밝았다. 수군들이 모두 수군댔다.

"어라, 소서행장 놈이 봉화를 올리네?"

"뭐여, 무슨 일인겨?"

수군들 뒤에서 불타는 순천을 바라보던 장군이 중얼거렸다.

"남해에 있는 왜놈들이랑 연락하는 모양이군."

"곤양과 사천에 있는 왜놈들을 부르는 게 아니겠습니까?"

소계남의 물음에 장군이 고개를 끄덕였다.

그랬다. 고니시가 올린 햇불은 일종의 봉화로써 남해의 왜적들에게 전쟁을 준비하라는 신호였다. 말인즉슨, 조만간 시마즈 요시히로의 대규모 원군이 이곳 순천 앞바다로 온다는 뜻이었다.

장군은 급히 소계남과 조효열에게 명령했다.

"장수들을 모두 불러 모으게, 지금 당장!"

"네, 알겠습니다!"

❀ ❀ ❀

같은 시각, 남해 섬 동쪽에 있는 창선도 적량의 왜군 진영.

이미 고성의 다치바나, 남해의 소 함대가 왔기 때문에 창선도는 수많은 왜병으로 발 디딜 틈도 없이 북적거렸다. 그때 감시병의 외침이 들려왔다.

"순천에서 연기가 납니다. 고니시 님께서 봉화를 올리셨습니다!"

감시병의 소리에 선착장에서 점검을 하던 시마즈가 나직이 중얼거렸다.

"흠, 드디어 때가 되었군."

그는 진영에서 바삐 움직이는 부하 장병들을 향해 크게 외쳤다.

"순천에서 연락이 왔다. 선발대부터 출항 준비를 시켜라!"

"선발대 출항 준비!"

"와, 와!"

시마즈의 명령에 따라 선발 함대가 무기류와 군량을 적재하며 최종 출항 준비에 들어갔다.

"자, 그럼, 이제 내 귀여운 새끼들을 만나야지."

시마즈는 선착장 인근에 대기하던 특수 암살 부대를 찾았다. 인원은 50명. 그 유명한 사츠마 철포대 중에서도 제일의 포수들만 뽑은 정예로, 오로지 이순신을 암살하기 위해 만든 부대였다.

도열해 있는 병사들 앞에는 자기 아들인 시마즈 다다쓰네와 조카인 시마즈 도요히사가 기다리고 있었다.

"오셨습니까, 아버님."

"오셨습니까, 백부님."

"그래, 준비는 다 잘 됐느냐?"

"출전 태세 완료입니다. 언제든 명령만 내리십시오."

시마즈의 질문에 다다쓰네와 도요히사는 머리를 숙이며 자신 있게 대답했다. 이들은 모두 20대 초반, 후반으로 이번 전투에 아주 적극적으로 임하고 있었다. 시마즈는 그 열정적인 모습을 보며 흡족한 듯 고개를 끄덕였다.

그때 그의 눈에 타네가시마 히사토키가 들어왔다. 올해 30세인 타네가시마는 명사수 중에서도 단연 뛰어난 실력을 갖고 있었다.

"오오, 우리 카로우(家老, 가신)가 여기 있었구먼. 내 그대에게 기대하는 바가 크네."

"영광입니다, 효고노카미 사마."

타네가시마는 비장한 표정으로 시마즈에게 고개를 숙였다. 타네가시마 가문은 그의 대부터 시마즈 가문을 섬기기 시작한 소 다이묘였다. 특히 올해는 카로우로 승급했기 때문에 전공을 세워 충심을 보이고 싶은 열의로 가득했다.

여담이지만 이 타네가시마 히사토키의 아버지가 바로 저 유명한 타네가시마 토키타카(種子島時堯)로, 1543년 포르투갈인으로부터 일본 최초로 조총을 수입한 후 역시 최초로 자체 제작에 성공한 인물이다. 타네가시마 철포와 철포대가 일본 내에서도 명성이 자자한 이유는 이런 유구한 역사가 있었기 때문이었다.

시마즈는 매우 준비가 잘 된 암살부대원들을 흐뭇하게 바라보며 훈시를 내렸다.

"마침내 전투가 벌어지게 됐다. 너희는 기회가 오면 오로지 이순신만 노려라. 알겠느냐?"

"하잇!"

암살 부대 왜병들이 크게 소리쳤다. 덩달아 시마즈가 팔을 높이 들어 외쳤다.

"자, 우리가 이길 게 확실하니 토키노코에(閧の声)를 크게 외쳐

라. 에잇, 에잇!"

시마즈가 선창하자, 병사들도 뒤따라 함성을 지르며 팔을 흔들었다.

"오!"

"에잇, 에잇!"

"오!"

"에잇, 에잇!"

"오!"

사기가 충천한 시마즈의 부대 뒤로 석양에 물든 시뻘건 바다가 보이고 있었다.

❖ ❖ ❖

술시(오후 7~9시), 조선 통제사 막사.

막사 문이 열릴 때마다 호롱불이 미친 듯 출렁였다. 이윽고 각 부대의 장수들이 모두 모였다.

"부르셨습니까. 통제사 나리."

"그렇다네. 정각(2시간) 전에 소서행장이 봉화를 올렸네. 하루 이틀 내로 도진의홍의 원군이 도착할 터이니 다들 군비를 엄히 갖추게."

"네, 알겠습니다."

그때 이영남이 걱정스레 질문했다.

"한데, 진 도독이 싸우려 하겠습니까?"

"싸우게 만들어야지. 그건 내게 맡기게."

장군은 굳은 결기를 보인 후, 탁자 위의 지도를 가리켰다.

"적들은 분명 노량을 거쳐 순천으로 향할 것일세. 우리는 그 아래에 있는 남해 섬의 관음포 부근에 매복해 있다가 적을 칠걸세. 알겠나?"

"네!"

"지금은 겨울철이라 북서풍이 부니까 화공을 하는 게 가장 효과적이겠지."

"풍상 쪽을 선점해야겠군요."

"그렇다네. 짚 더미와 화약을 최대한 준비하게."

"네. 분부 받들겠습니다!"

장수들이 일제히 외쳤다. 장군은 뒤이어 송희립에게 당부했다.

"놈들이 노량을 거치는 순간을 포착하는 게 무엇보다 중요하네. 반각(1시간)마다 척후의 보고를 받도록 하게. 송 군관."

"알겠습니다."

송희립이 묵례를 하며 답했다. 장군과 휘하 장수들의 눈에 이글거리는 횃불이 비쳐졌다.

"드디어 결전이네."

장군이 비장한 표정으로 말했다. 장수들 모두 고개를 끄덕였다.

❖ ❖ ❖

"드디어 결전이다."

같은 시각, 순천왜성 혼마루 어전에서 고니시가 술잔을 치켜들며 말했다. 그와 대작하던 여섯 명의 병사도 술잔을 들었다.

"핫!"

지금 고니시는 여섯 명의 결사대와 '최후의 만찬'을 하는 중. 각자 앞에 놓인 작은 슈젠(술상) 위의 술을 마시고 있었다. 물론 후미노리도 참석했다.

이들은 모두 20대 전후의 젊은이로 대마도 출신이거나 조선에서 귀화한 순왜들이었다. 고니시의 부하들 중에서도 충성심이 높은 순으로 엄선한 녀석들이었다. 거기다 대마도에는 조선과의 교역으로 먹고사는 이들이 많았기 때문에 다들 조선말에 능통했다.

사실 고니시는 탈출에 대한 복안으로 결사대를 쭉 준비해 오고 있었다. 그리고 마침내 때가 온 것이다.

고니시가 짐짓 괴로운 표정으로 말했다.

"그대들은 '최후의 작전'에 뽑힌 정예들이니 마음을 굳게 다져라. 어쨌든 일이 이렇게 돼서 주장으로서 면목이 없다."

고니시의 한탄에 결사대원들이 모두 비장한 표정으로 외쳤다.

"당치 않은 말씀입니다. 세쓰노카미 사마."

"주군을 위해서라면 할복이라도 하는 것이 부하의 도리! 주군만

178

무사히 귀환할 수 있다면 백번이라도 죽을 수 있습니다."

결사대원들은 짐짓 태연한 척했다. 그 모습에 고니시가 울컥
했다.

"크흑, 그리 말해주니 고마울 뿐이다. 하루빨리 이순신을 죽이
지 않으면, 한산, 거제, 부산을 거쳐 쓰시마까지 공격해 올 것이다.
그대들의 과업에 일본의 운명이 달려 있음을 명심하라!"

"핫!"

❖ ❖ ❖

잠시 뒤, 묘도 해변.

칠흑 같은 밤, 어둡고 깊은 바다가 서글픈 파도 소리를 내고 있
었다.

이순신 장군은 송희립과 두 명의 군관을 데리고 명 도독부 막사
로 향하고 있었다. 첸린의 참전을 설득하기 위해서였다. 그래서 준
비한 복안은 그에게 판옥선을 선물로 주는 것. 그리고 일전에 첸린
이 자신에게 써준 시에 대한 답을 하기 위해서이기도 했다. 장군은
첸린에게 자신의 솔직한 심정을 전하기로 마음먹었다.

바다 건너편으로는 희미하게 윤곽선이 드러난 순천왜교성이 보
였다. 장군은 송희립과 군관들을 잠시 멈춰 세웠다.

"여기 잠시만 기다리게."

"네, 통제사또."

장군은 희미한 불빛이 새어 나오는 순천왜성의 천수각 5층을 바라봤다. 바로 저곳에 고니시가 있다.

'최대한 빨리 노량에서 적을 무찌른 후, 다시 회군해 녀석을 붙잡는다.'

장군은 눈을 감은 후, 앞으로 있을 전투를 미리 상상해보았다.

이번 공격은 근접전이 불가피할 것이다. 따라서 많은 희생자가 나올 것이다. 그럼에도 불구하고 출전해야 한다. 나라를 지키는 게 무인의 임무이므로, 조선을 지키는 것이 자신의 임무이므로.

'하늘은 조선 백성을 지키기 위해 나를 이 땅에 내려보내신 모양이다. 그것이 나의 운명….'

나이 50을 지천명(知天命)이라 했던가? 올해 쉰넷인 장군은 자신에 대해 지천명했다. 작년부터 올해까지 수많은 나날을 울부짖고, 가슴이 찢어지는 고통을 느끼며, 죽을 만큼 괴로워한 다음에야 그런 사실을 받아들인 것이다.

'이것은 운명이다.'

하늘은 그래서 작년에 어머님을 데려가신 것이다. 하늘은 그래서 자신에게 모진 고난을 주신 것이다. 하늘은 그래서 절망의 나락으로 떨어진 그 순간, 명량의 기적을 주신 것이다. 그리고 하늘은 '고난의 마지막 관문'을 겪게 하기 위해 막내를 데려가신 것이다.

그렇게 이순신이란 칼은 '모진 운명'이라는 망치에 두들겨 맞고,

담금질 당한 뒤에야 비로소 '구국의 명장'이라는 명검으로 다시 태어날 수 있었던 모양이다.

그것은 천명이었다.

그렇다면 담담히 받아들이리라. 이제 개인으로서의 소소한 행복과 감정은 포기하리라. 그저 온몸을 던져 적과 싸워 그들을 깨부수리라.

죽으면 죽는 것이다. 나는 죽는 한이 있어도 조선 백성들을 지킬 것이다.

그 여부가 하루, 이틀 내의 결전으로 판정 난다. 생각해보면 지난날의 수많은 우여곡절이 마치 곧 있을 노량에서의 전투를 위해서 존재했던 것 같았다.

'노량에서 승리하고, 소서행장을 붙잡고, 부산의 왜적을 친다. 그렇게 되면 금상첨화다. 허나, 과연 하늘이 대마도까지 칠 기회까지는 주실는지….'

장군은 이미 노량 이후의 일까지 계획하고 있었다. 계사년 이후 5년 만에 재침해온 놈들이다. 언제 다시 침략해올지 모른다. 이번에 최대한 뿌리를 뽑아야 했다.

'그래야 지난 7년간 억울하게 죽어간 불쌍한 원혼들을 조금이나마 달랠 수 있겠지. 무엇보다 그토록 철저히 응징해야 놈들이 조선을 우습게 보지 않을 것이다. 그래야 조선을 지킬 수 있다.'

건너편에 보이는 저 어둑어둑한 땅, 저 조선 강토는 자신이 지켜야 할 땅이다. 그것이 하늘의 뜻이다.

장군은 이미 생사를 초월한 상태. 오로지 이번 전투에서 적을 섬멸할 생각만이 가득했다. 문득 예전에 지었던 〈진중음(陣中吟)〉의 한 구절이 떠올랐다.

讐夷如盡滅 雖死不爲辭.

(저 오랑캐 원수들을 모조리 섬멸할 수만 있다면, 비록 죽는 한이 있어도 사양치 않으리라.)

가슴이 울컥했다. 동시에 옛 기억이 주마등처럼 스쳐 지나갔다. 첫 임관일의 기억이었다.

나라의 녹을 먹는 무관으로서의 시작은 평범했다. 아니 오히려 남들보다 뒤처진 감이 없지 않았다. 32세에 겨우 임관했으니 말이다.

늦은 나이에 시작한 관료 생활. 그저 묵묵히, 열심히 나라와 임금에 충성한다는 생각으로 업무에 임했다. 그리고 나름 성과를 거두었다. 하지만 아부하거나, 뇌물을 주는 건 죽어도 할 수 없는 성격이라 무고도 많이 받았고, 남들보다 진급도 늦었다. 부당하게 백의종군도 해야 했다.

하지만 낭중지추라 했던가. 손죽도 왜변이 일어나고, 기축옥사가 온 나라를 휩쓸고 간 뒤 갑자기 왜국의 상황이 급해지면서, 남들의 시기와 질투를 받을 정도로 승진에 승진을 거듭해 전라좌수사가 되었다.

그토록 임금은 자신을 철저히 신뢰해줬다. 당연히 목숨을 바쳐 그 은혜에 보답해야 했다. 미친 듯이 일했다. 왜란이 일어나기 1년 전부터 죽어라고 전비를 갖추었다. 각 관과 포를 점검·수리하고, 병사들을 맹렬히 훈련시켰다. 판옥선도 개량하고 거북선도 만들었다.

그런 상황에서 임진년에 왜적은 쳐들어왔고, 그렇게 나름 공을 세워 조선 최초의 삼도수군통제사가 되었다.

하지만 너무 큰 공을 세웠나 보다. 남도의 민심이 쏠리자, 임금의 시기와 질투가 시작되었다.

결국 작년, 왜군의 계략에 빠져 임금과 조정은 자신을 통제사에서 파직시키고, 옥에 가두었다. 처형 직전까지 갔다가 두 번째 백의종군을 허락하는 '성은'을 입은 후 겨우 살아날 수 있었다.

이 한 몸이 고문당하거나 죽는 건 상관없다. 문제는 그 오판 때문에 조선 수군이 전멸했고, 전라도, 경상도, 충청도가 유린당했으며, 셀 수 없이 많은 백성이 죽었다는 점이다. 조선은 회복 불능의 치명타를 입었다. 전쟁이 끝나더라도 어디서부터 재건해야 할지 감조차 잡히지 않았다.

주상께 서운한 감정이 없다면 거짓말이다. 하지만 이 또한 운명으로 받아들인다. 일단은 조선을 구하는 게 급선무였다. 나머지는

다 부질없는 것. 살자, 살자. 일단은 살고 생각하자.

순간, 그동안 죽어간 수많은 동족들의 얼굴이 스쳐 지나갔다. 특히, 지난 계사년부터 을미년까지 전염병으로 죽어간 수많은 수군들…. 자신의 품에 안겨 '살려주십시오. 통제사또'라고 말하며 죽어가던 젊은이들….

역병으로 죽은 병사들은 전사자들의 20배가 넘었다. 장군 역시 이 시기 전염병을 앓았지만, 지휘관으로서 죽어간 병사들을 지켜주지 못한 것에 대한 죄책감이 더 컸다.

또한 상급자로서 어쩔 수 없이 하급자들을 처형해야 할 때도 있었다. 워낙 엄중하게 일을 처리했기 때문에 그것은 불가피한 일이었다. 가슴 아프지만, 그렇게 하지 않으면 군율이 무너지고, 군율이 무너지면 나라가 무너지니 어쩔 수 없었다.

그렇게 수없이 많은 사람들이 덧없이 죽어갔다. 그리고 깨달았다. '그동안 겪어왔던 인간 군상들의 시기며 질투, 욕망과 탐욕이란 얼마나 허무한 것인가!'라는 것을. 죽음 앞에선 권세도, 재력도 아무 의미 없었다.

'결국 남는 건 의미 있는 삶을 사는 것, 그 자체.'

그리고 장군에게 의미 있는 삶이란 무장으로서 나라를 지키는 것이었다. 당연히 머릿속에는 항상 나라 걱정뿐이었다.

하지만 안타깝게도 조정의 모리배들은 그렇지 않았다. 그들은 그저 권력을 탐하는 요마들, 권력의 주구들일 뿐이었다.

'아직 전쟁도 끝나지 않았건만, 조정에선 권력 잡기만 몰두한 채 죽도록 싸우고만 있으니….'

가슴이 답답해졌다. 하지만 지금 할 수 있는 건 없다. 그저 한 명의 무장으로서 열심히 나라를 지키는 일 외에는….

그렇게 한참이나 순천왜성을 바라보던 장군이 뒤를 돌아 송희립과 군관들에게 말했다.

"자, 이제 그만 가세나."

순간, 파도가 거세지고 거친 바람이 불었다. 송희립과 두 군관은 불현듯 장군의 머리 뒤에서 빛나는 광채를 본 듯했다.

❖ ❖ ❖

술시(밤 9~11시), 명 도독부 막사.

이순신 장군과 첸린이 대화하고 있었다. 첸린이 크게 웃으며 말했다.

"판옥선을 주신다니 기쁘기 한량없구려. 내 잘 타겠소. 껄껄껄."

"어제는 심려를 끼쳐 죄송했습니다."

"음, 아니오. 돌이켜 보건대 내가 생각이 좀 짧았던 것 같소이다."

천하의 이순신이 자신에게 판옥선을 선물한단다. 덕분에 기분이 좋아진 첸린이 웃으며 답했다. 이로써 자신의 체면은 살린 셈이됐다. 그는 장군을 바라보며 '이 통제, 당신 참 영리한 사람이군'이라고 생각했다. 장군이 말을 이었다.

"그리 말씀해주시니 감사드릴 따름입니다. 판옥선은 등자룡 부총 것까지 준비했으니 함께 타시지요."

"하하, 이렇게까지 신경 써주시다니…. 역시 이 공은 명장 중의 명장이외다."

어제의 그 맹렬했던 긴장감은 찾아볼 수 없을 정도로 화기애애한 분위기였다. 장군은 첸린과 더 이상 사이가 틀어졌다간 아예 조명 연합이 파투 날 거란 걸 누구보다 잘 알고 있었다. 그래서 판옥선을 선물하며 그의 기분을 맞춰주기로 했다. 장군은 늘 근엄한 것처럼 보였지만 사실 '밀당'의 고수이기도 했다. 나라를 살리기 위해선 전쟁뿐 아니라 정치에도 능해야 했으므로.

첸린의 기분이 풀어진 걸 확인한 장군이 문득 뭔가 생각난 듯 말을 꺼냈다.

"아, 그리고 보내주신 서신은 잘 받았습니다."

"아, 내 글귀 말이오? 어떻게 잘 받으셨습니까? 내 이 공의 안위를 걱정해 글을 올렸소이다."

"네, 감사합니다. 그에 대한 답을 써왔는데 한 번 읽어보시겠습니까?"

장군이 첸린에게 답신을 전했다. 첸린이 미소 지으며 답신을 펼쳤다.

"어디 그럼…."

하지만 장군의 글을 읽어가던 첸린의 얼굴이 점점 어두워져갔다.

[吾忠不及於武侯, 德不及於武侯, 才不及於武侯, 此三件事皆
不及於武侯, 而雖用武侯之法, 天何應哉(나는 충성심이 무후만 못
하고, 덕 또한 무후에 미치지 못하며, 재주 또한 무후에 닿지 못합니다.
세 가지 모두 무후에 미치지 못하니, 비록 무후의 방도를 따르더라도 어
찌 하늘이 답해주리까)?]

첸린이 놀라 장군의 얼굴을 쳐다봤다. 장군은 그저 작게 고개를
끄덕이며 미소를 지었다. 그는 이미 생사를 초월한 사람 같았다.
첸린은 떨리는 목소리로 장군에게 물었다.

"이 통제… 이번 전투에 목숨을 거실 거요?"

장군은 그저 담담하게 대답했다.

"무릇 나라의 녹을 먹는 장수가 전장에 나갈 때마다 나라에 목
숨을 맡기고 싸움에 임하는 게 당연한 것 아니겠습니까?"

그 말을 듣는 순간, 첸린은 커다란 돌덩이에 머리를 한 방 맞은
느낌이었다.

자신의 앞에 있는 저 이순신이란 인물은 그저 피상적으로만 '나
라를 위해 죽겠다'라고 말하는 게 아니었다. 그는 정말로, 진심으
로 그렇게 말하는 것이었다.

'삶과 죽음의 경계를 뛰어넘는 자는 저런 초연함을 가질 수 있
는 것인가!'

장군이 뿜어내는 은은한 기세에 완전히 포박당한 첸린은 자신

이 한없이 작아지고 부끄러워지는 걸 느낄 수 있었다.

모든 장수들은 무릇 약관의 나이 전후로 군에 입대할 때 스스로 이런 맹세를 한다. 물론 불혹이나 지천명의 나이 때까지 이를 지키는 이는 극히 드물었다.

첸린 역시 그랬다. 10대, 20대 때는 그도 혈기 왕성한 무장이었다. 그땐 정말 나라를 위해 죽을 수도 있다고 생각했다. 하지만 세월이 흐르면서 젊을 때 가졌던 그 마음가짐은 녹슬고 나태해졌다. 세상과 적당히 타협하고, 적당히 묻어가는 것. 그래서 지금의 위치까지 올라온 것인지는 모르지만, 삶의 진정한 의미는 잊은 지 오래였다. 그냥 '지난 세월 동안 해온 게 있으니까'라는 타성에 젖어 움직일 뿐이었다. 50대의 나이에도 저렇게 소년과 같은 눈을 가지고, '나라가 원한다면 언제든지 죽을 수 있다'라고 말하는 이순신 같은 존재는 극히 드물었다.

그렇기 때문에 첸린에게 이순신이란 존재는 신선하고 충격적이었다. 아니 정확히 말해 신성하고, 엄숙한 존재라는 게 맞을 것이다. 이 때문에 이순신 앞에만 서면 첸린은 한없이 작아졌다. 이순신은 장수로서, 아니 하나의 인간으로서 본받아야 할 표본이자 기준점이었기 때문이다.

'아아, 이순신….'

첸린은 미간을 좁히며 고개를 숙였다. 더는 이순신을 쳐다보기조차 힘들었다. 그의 몸에서 뿜어져 나오는 광명이 너무나 눈부셨기에.

순간, 장군이 첸린에게 단호하게 물었다.

"진 대인, 저희랑 함께 출전해 주십시오."

"그, 그게…."

불시에 장군이 던진 말에 첸린은 당황했다. 그 말의 무게는 천 근만큼이나 무거웠다. 그와 함께 이순신의 몸체도 점점 커지는 듯 보였다. 제기랄, 어째 이순신은 어제보다도 더 커 보인단 말인가! 첸린의 머릿속으로 오만 생각이 스쳐 지나갔다.

'빨리 답을 해야 한다. 나는 저치보다 계급이 높은 수로군의 총 대장이라고!'

조선 수군의 출정을 허락할 것인가? 허락한다면 함께 출전할 것인가, 말 것인가? 할 것인가, 말 것인가? 찰나의 순간 동안 첸린 은 수백 번도 더 결정을 번복했다.

빨리 답하려 했지만 결단을 내릴 수 없었다. 이마엔 땀이 송골 송골 맺혔다. 첸린은 침을 삼켰다. 그리고 힘겹게 입을 뗐다. 그것 도 겨우, 겨우….

"하, 하루만 생각할 시간을 주시오."

이순신 장군은 지긋한 눈으로 첸린을 바라보더니, 살짝 고개를 끄덕이며 답했다.

"알겠습니다."

장군이 내뱉은 청명한 한마디가 그대로 첸린의 가슴에 꽂혔다.

그저 '알겠습니다'라는 말일 뿐인데도 첸린은 자기 몸이 산산조각 나는 걸 느낄 수 있었다.

'어, 어떻게 저렇게 초연할 수 있는가!'

첸린은 장군의 초연함에 그만 압도되고 말았다. 그 순간, 첸린은 장군의 몸에서 찬란한 빛이 뿜어져 나오는 걸 보았다. 그리고 마침내 깨달았다.

'이, 이순신은 하늘이 조선을 구하기 위해 내리신 성자(聖者)다!'

첸린은 전율했다. 그는 꼼짝달싹할 수 없었다. 그런 첸린을 보며 장군이 말했다.

"그럼 내일 또 찾아뵙겠습니다."

장군은 묵례를 한 후 그대로 막사 밖을 나섰다.

한동안 막사 안은 정적만이 감돌았다. 어찌나 조용한지 개미가 기어다니는 소리도 들을 수 있을 것 같았다.

"하아⋯."

오랫동안 장군이 나간 빈자리를 바라보던 첸린이 마침내 긴 한숨을 쉬었다. 그와 함께 고개를 떨구었다. 이마 위의 땀방울이 바닥에 떨어졌다.

11. 전야(戰野)의 전야(前夜)

묘시(오전 5~7시), 조선 통제사 막사.

"헉!"

큰소리와 함께 장군이 침상에서 몸을 일으켰다.

"하아, 하아…."

꿈이었다. 굉장히 기분 나쁜, 섬뜩한 꿈. 보통 예지몽을 꿨을 땐 대략의 내용이라도 생각났건만, 오늘의 꿈은 기억이 전혀 나지 않았다. 그저 소름 끼치는 느낌만이 남은 꿈. 어떤 검은 악령 같은 것이 덮쳤었나? 어렴풋이 그런 잔상만이 남았다.

온몸은 땀에 절어있었다. 주변을 둘러보니 작은 촛불 하나가 어두운 막사를 힘겹게 밝히고 있었다. 바깥은 아직 컴컴했다. 장군은 이마의 땀을 한번 훔친 후, 침상에서 일어났다.

장군은 곧바로 의관을 정제한 뒤, 촛불 앞에 좌선한 채 척자점을 쳤다. 세 번 윷을 던진 후, 〈소강척자점〉을 펼쳐 점괘를 읽었다.

점괘의 내용은 길한 것이 하나요, 흉한 것이 하나였다.

"…."

그 내용에 놀란 장군은 한동안 물끄러미 〈소강척자점〉을 바라보았다.

– 끼룩끼룩.

어두컴컴한 밤, 멀리서 갈매기 울음소리가 들려왔다.

❖ ❖ ❖

같은 시각, 창선도 적량, 왜군 진영.

"자, 모두 각자의 배로 가 승선하라!"

"핫!"

이윽고 대장선에 올라탄 시마즈가 지휘봉을 내리며 명령했다.

"닻을 올리고 돛을 내려라. 노량으로 향한다!"

"하잇!"

– 펄럭!

시마즈의 명령에 따라 대장선인 대형 아타케부네의 11단 돛이 펼쳐졌다. 붉은 돛에 그려진, 시마즈 가문의 카몽(家紋, 한 집안의 문장)인 마루니쥬몬지(둥근 원에 십자 표시)가 그 위용을 드러냈다.

이 신형 아타케부네는 높이가 무려 4장 반(13.5m)에 가까운 새 전함으로 사천에 머물면서 새롭게 건조한 것이었다.

시마즈 가문의 선단 뒤로, 타네가시마 가문의 전함도 눈에 들어왔다. 그들의 돛에는 미쯔우로코(세 개의 작고 검은 삼각형으로 구성된 커다란 삼각형)의 카몽이 새겨져 있어 독특한 분위기를 자아냈다. 철포 중심으로 조직된 이 선단은 특히 시마즈의 총애를 받고 있었다.

엄청난 위세를 자랑하는 함대를 본 시마즈는 다시 한번 높은 돛대를 바라보며 흐뭇한 미소를 짓더니, 갑판의 병사들을 향해 소리 높여 외쳤다.

"독전고를 울려라!"

"독전고를 울리랍신다!"

– 둥, 둥, 둥!

바야흐로 시마즈를 필두로 소, 다치바나, 데라자와 마사시게 등이 참여한 350여 척의 대규모 왜 원군이 노량을 향해 나아갔다.

❖ ❖ ❖

진시(오전 7~9시), 묘도 조선 통제사 막사.

아침 식사를 간단하게 마친 후, 장군은 막사 한쪽에 놓아둔 장검을 들었다. 길이가 무려 6척 반(197.5㎝)이 넘는 긴 칼이었다. 칼집에서 칼을 살짝 빼 들자, 혈조(血槽, 칼날에 낸 홈) 아래에 새긴 글귀가 보였다.

三尺誓天 山河動色(삼척서천 산하동색) 석 자 칼로 하늘에 맹세하니, 산과 강이 벌벌 떨고,
一揮掃蕩 血染山河(일휘소탕 혈염산하) 한 번 휘둘러 쓸어버리니, 피가 산과 강을 물들이네.

여명에 비친 칼날이 파랗게 빛나면서 공명했다. 장군은 눈을 감고 심신을 다잡았다.

'하늘이시여, 지난 명량 때와 같은 천행을 다시 한번 주소서.'

한참이나 발원한 다음, 장군은 다시 거치대 위에 장검을 올려놓았다. 그리고 부관을 불렀다.

"자, 어서 가세나."

"네, 장군."

부관은 장군이 갑옷 입는 것을 옆에서 도왔다. 장군은 허리끈을 묶었다. 그런데 힘을 주는 순간, 허리끈이 끊어져 버렸다. 부관이 놀라 장군을 보며 말했다.

"그, 금방 수선하겠습니다."

"알겠네. 좀 기다리지."

장군은 몸에 걸쳤던 갑옷을 다시 벗었다.

❈ ❈ ❈

오시(오전 11~오후 1시), 묘도 조선 수군 선착장.

장병들과 함께 출전 준비를 하는 장군 앞에 뜻밖에도 선전관 일행이 나타났다. 군관과 노복들 30여 명과 함께 왔는데, 군관 중에는 조총을 든 자도 있었다. 장군이 그쪽을 쳐다보자 선전관이 앞으로 나오며 말했다. 낯이 익은 얼굴이었다.

"안녕하시오, 통제사 영감. 선전관 손문욱이외다."

"?"

장군은 이자를 지난달 나로도에서 본 적이 있었다. 그때 자신을 이문욱이라 소개했던 이자는 첸린과 장군에게 남해 섬 공략을 주창했었다. 스스로를 조선 피로인이라 소개했지만, 왠지 요시라와 같은 간자처럼 보였다. 작년에 장군을 곤경에 빠뜨렸던 그 요시라 말이다. 원래 소 요시토시의 수하였다니, 더욱 의심이 갔다.

"여기 도원수 대감의 명령을 갖고 왔소."

손문욱은 거만한 미소를 띠며 장군에게 여러 서류를 건넸다. 그가 건넨 서류는 성첩(수결 후 관인까지 찍음)까지 되어 있는 고신과 첩자(帖子, 증명서) 그리고 도원수 권율의 서찰이었다. 지난달만 해도 공식 직함이 군관에 불과했던 손문욱은 영락없이 임금의 선전관 겸 권율의 종사관이 되어 있었다.

'무슨 일이 벌어지고 있는 것인가?'

장군은 급히 권율의 서찰을 뜯어보았다. 도원수는 '친절하게도' 자신의 종사관을 수군 대장선에 승선시키는 이유까지 써 놓았다.

[육군이 유 제독 때문에 전투를 하지 못하니, 격군으로 쓸 만한 노복들을 보내오. 또한 종사관 손문욱을 파견해 수급을 정확히 세어 장수들의 전공을 제대로 파악하고자 하오. 이는 주상의 뜻이기도 하니 유념하시오.]

글을 미처 다 읽기도 전에 장군은 미간을 찌푸렸다. 적의 수급을 정확히 세라니, 왜 하필 지금인가 말이다.

물론 해전에서 적의 수급을 정확히 세는 문제는 임란 내내 쟁점이 되어 왔다. 그런데 이 중요한 시기에 대장선에 육군의 종사관이 탄다니, 부당했다. 도원수의 명령을 표방하지만, 사실상 그 뒤에 임금이 있다는 건 삼척동자도 알 수 있었다.

장군은 순간, 눈앞에 임금이 나타나 자기 목을 옥죄는 것 같은 느낌을 받았다. 숨이 콱 막혔다. 가슴이 조여 왔다. 동시에 작년 의금부에서의 악몽이 떠올라 몸이 부들부들 떨렸다. 한기가 드는 게 한겨울 바다의 매서운 바람 때문인지, 아니면 아직 자신을 노리는 임금의 살기 때문인지 알 수 없었다.

'주상께선 아직도 나를 믿지 못하시는 것인가!'

장군은 해도 너무한 임금에 대한 서운함과 서글픔을 느꼈다. 자신에게 이토록 집착하는 임금이 이제는 처연하기까지 했다.

아무리 수군의 최고 수장인 통제사라도 직급상 도원수의 아래,

거기다 '주상의 뜻'이므로 어명을 거역할 수는 없는 노릇이었다.

하지만 눈앞의 저 손문욱이란 자는 왠지 믿음이 가지 않았다. 더구나 이름도 이문욱이랬다가, 손문욱이랬다가 종잡을 수 없지 않은가? 장군은 그의 이름을 빌미로 먼저 거부감을 표현했다.

"저번에는 본인을 이문욱이라 하지 않았소? 왜 성씨가 '손'으로 바뀐 거요?"

"하하, 망극하게도 주상께서 손 씨 성을 하사해주셨소이다."

손문욱이 우쭐거리며 답했다. 장군은 계속해서 의심스러운 듯 질문을 던졌다.

"그런데 조총은 왜 챙겨온 거요?"

"좁은 해협에서 근접전이 벌어질 것이외다. 필시 조총이 큰 도움이 될 터. 칠천량에서의 패전을 잊으신 건 아니겠지요, 통제사또."

손문욱이 더욱 야릇한 미소를 지으며 답했다.

이번 전투에서 조선 수군은 필사적으로 동·서의 왜적이 만나는 걸 막아야 했다. 하지만 아군 측의 전함 수가 부족하니 근접전은 불가피하리라. 한마디로 조선 수군의 장점인 원거리 공격을 포기해야 한다는 말이다. 그만큼 현재 조선 수군의 상황은 위급했다. 이 점까지 간파한 손문욱은 확실히 용의주도했다.

하지만 너무 급작스럽고 뜬금없는 행동이었다. 바야흐로 목숨을 건 결전을 해야 하는 상황. 선전관 동승이라는 돌발 변수가 생기면 행동반경에 제약이 생길 수밖에 없었다.

이순신 장군은 손문욱에게 정중하게 거절 의사를 밝혔다.

"음, 알겠소. 하지만 이번 전투는 절체절명의 상황이라 목숨을 걸어야 하오. 당신 같은 유학(幼學) 출신이 타기엔 너무 위험하오."

"왜에서 넘어올 때 이미 목숨을 나라에 맡긴 몸이외다. 통제께서 걱정할 필요는 없소. 무엇보다 저의 승선을 거부하시는 건, 어명을 거역하는 것임을 아셔야 할 것이외다. 설마 작년 초의 일을 잊으신 건 아니시겠지요, 통제사또?"

손문욱이 당돌하게 대꾸했다. 작년 초, 장군은 통제사에서 파직되고 의금부로 끌려갔었다. 그는 일부러 깐죽거리며 장군의 화를 돋우는 것 같았다.

물론 장군이 이런 얕은수에 걸려들 리는 없었다. 하지만 다른 장수들이 걸려들고 말았다. 열 받은 휘하 장수들이 웅성거리나 싶더니, 젊은 혈기의 이영남이 나서서 반대한 것이다.

"그건 아니 될 말씀이외다! 전장은 한순간에 목숨이 왔다 갔다 하는 곳, 모든 승조원들이 한 마음으로 움직여야 하거늘 수전에 익숙지 않은 사람들이 함께할 곳이 아니오!"

"어명을 거역할 셈이오? 나는 왕명을 받고 이곳에 온 사람이외다."

손문욱이 발끈하며 한 발짝 나왔다. 그러자 이언량도 이영남을 받쳐주며 앞으로 나섰다.

"전장은 작은 변수만으로도 승패가 좌우되오. 만일 패전이라도 하게 되면 선전관께서 책임을 지실 거요?"

"어허, 무엄하다! 나는 왕명을 받고 이곳에 온 몸. 통제사라 하더라도 주상의 뜻을 따라야 하는 게 당연하거늘 만약 나와 군관들의 승선을 막는다면 역모의 뜻을 가진 것이라고밖에 볼 수 없소!"

"뭐, 뭐요?"

일부러 화를 돋우는 손문욱의 답변에 장수들이 한순간 이성을 잃었다. 그들은 모두 칼을 빼 들어 손문욱을 향했다.

– 챙!

"그 말씀 취소하시오!"

"얼마 전까지만 해도 왜놈들에게 부역하던 자가…."

그러자 손문욱의 군관들도 칼을 빼 들었다.

– 채챙!

"닥치지 못할까! 기껏해야 변방의 하급 장수들이 죽고 싶어 환장을 했구나. 네놈들 모두 역모를 꾸밀 참이더냐!"

손문욱도 지지 않고 고래고래 고함을 질렀다.

양측의 살기가 맹렬히 부딪히며 폭발했다. 11월의 묘도 선착장은 뜨거운 열 폭풍에 휩싸였다.

그때 이순신 장군이 앞으로 나서며 모두를 진정시켰다.

"그만들 하시오!"

살인이라도 날 것 같던 험악한 분위기가 장군의 위엄 앞에 누그러졌다.

순간, 장군은 자신이 임금이 쳐 놓은 덫에 걸렸다는 걸 알아차렸다. 저자를 태우지 않았다간 역모의 죄를 뒤집어쓰고 또다시 끌려갈지도 몰랐다. 결국 남은 패는 하나, 손문욱을 승선시키는 방법뿐이었다.

문득 다시 한번 이런 자의 농간에 빠지는 조정이 안타까웠다. 장군은 그제야 어렴풋이 임금의 진심이 뭔지 알 것 같았다.

'주상께선 나의 허물을 잡기 위해 이 자를 보낸 것인가…. 아니면 진정 내가 실패하길 원하시는가?'

억장이 무너지는 느낌이었다. 자신은 그토록 나라를 살리기 위해 뼈가 부서지도록 애쓰고 있는데, 조정에선 그 잘난 권력 놀음 때문에 왜의 간자일지도 모르는 이런 자를 자신에게 붙이는 것이다.

장군은 다시 한번 자기가 세 개의 집단과 싸우고 있다는 걸 확실히 느낄 수 있었다. 실질적 위협인 왜군과 전쟁을 회피하는 명군, 그리고 자신을 의심하는 조선 조정과 말이다.

장군은 손문욱을 대장선에 태우는 게 영 내키지 않아 한동안 고민했다. 하지만 달리 방도가 없었다. 애초에 고신까지 들이미니 거부할 명분도 없었다.

한동안 손문욱을 쳐다보던 장군이 무겁게 입을 열었다.

"음…. 알겠소. 하지만 우리의 지시를 철저히 따라야 하오. 알겠소?"

"여부가 있겠습니다. 자, 그럼 저와 군관들은 나누어 타겠습니다."

손문욱이 예의 그 이죽거리는 표정을 지으며 자신의 뒤에 있는 군관과 노복들에게 명령했다.

"나와 정 군관은 대장선에 탈 터이니, 너희는 예정대로 진 도독과 안골포만호, 옥포만호, 해남현감의 배에 올라타라."

"네, 알겠습니다!"

이언량, 우치적, 옥포만호 이섬, 해남현감 류형, 안골포만호 우수 등은 이순신 장군의 측근 중의 측근으로 항상 해전 때마다 대장선을 엄호하는 임무를 맡아왔다. 그런데 이제 이들 전함에 이른바 '왕의 충복'들이 올라타는 것이다.

"이런 제길!"

이 광경을 쭉 지켜보던 이언량이 분을 못 이기며 씩씩거렸다. 장군이 그런 그를 제지했다.

"함부로 움직이지 말게. 일단은 어명이니 따라야 하네."

"끄응…."

이언량을 비롯해 송희립, 류형 등이 분노를 표했지만 어쩔 수 없는 노릇. 그렇게 손문욱과 그의 수하들은 유유히 조선 수군의 전함에 승선할 수 있었다. 찰나의 순간, 류형은 이들 '군관'들이 짓는 비열한 미소에 섬뜩함을 느꼈다.

류형이 장군의 등 뒤로 다가가 물었다.

"괜찮겠습니까, 장군? 싸우는데 방해는 안 될는지."

"상감의 뜻이잖은가? 달리 방도는 없네."

장군은 그저 앞을 보며 담담히 말했다. 이윽고 손문욱 일행이 모두 승선하자, 뒤를 돌아보며 류형에게 말했다.

"류 현감, 내가 저번에 했던 말 기억하는가?"

"네? 무슨 말씀 말입니까?"

"허허, 거 왜 있잖은가. '자고로 대장은 변방에서 작은 공만 세워도, 목숨을 보전치 못하는 경우가 많다'는 말, 말일세."

"토, 통제사또!"

뭔가 분위기가 이상하다고 느낀 류형이 눈을 크게 뜨며 되물었다. 장군이 미소 지으며 답했다.

"또 늘 말했지. 나는 왜적이 퇴각하는 그날, 죽더라도 유감이 없다고 말일세."

"그런 말씀 마십시오. 왜적이 모두 물러나는 그날에도 장군께선 살아계실 겁니다. 천수를 누리실 것이오이다."

"음, 그렇게 되길 빌어야지."

장군이 미소를 지으며 류형의 어깨를 두드렸다.

그렇게 한창 출전 준비를 하고, 어느덧 유시(저녁 5~7시)가 되었다. 그즈음 망꾼이 달려와 장군에게 보고했다.

"장군, 왜적입니다. 왜선 200여 척이 남해에서 나와 엄목포에 정박했습니다."

뒤이어 다른 망꾼이 달려와 보고했다.

"노량에도 배가 부지기수입니다!"

장군이 고개를 끄덕였다.

"알겠네."

장군은 고개를 돌려 송희립에게 명령했다.

"송 군관, 마저 출전 준비를 마무리하게. 난 지금 바로 진 도독을 보러 갈 터이니."

"네, 알겠습니다."

❖ ❖ ❖

잠시 후, 명 도독부 막사.

첸린이 의자에 앉아 얼마 안 남은 술을 들이켜고 있었다.

'후, 맨정신으론 힘들군.'

사실 그는 하루 종일 고민하고 있었다. 조선 수군과 함께 출전할지 말지에 대해서 말이다. 원래는 명 수군 도독인 자신이 조명 연합 수군을 총괄해 출정 여부를 결정해야 하지만, 이순신이 저리 강하게 나오다 보니 이건 어느새 주객이 전도된 셈이 됐다. 이순신은 이미 결정했고, 자신은 그저 따를지 말지에 대한 결정밖에 할 수 없는 상황. 만일 조선 수군의 출전을 막았다간, 도리어 이순신이 명 수군을 공격해 올 것 같은 살기를 어제 느꼈었다. 그래서 잠깐 동안이나마 공포심을 갖게 된 것이었다. 명색이 수로군의 총대장인데 이미 자존심은 갈가리 찢긴 상황, 첸린은 이런 상황이 못내 마음에 들지 않았다.

'이것 참…. 내가 수로군 총대장인데 왜 항상 이순신에게 끌려다니기만 하는 건가?'

첸린은 왜 항상 이순신에게 심리적으로 압도되는지 나름대로 분석을 해봤다. 그래서 내린 결론은 딱 하나.

'이순신은 명장, 아니 군신의 전형이다. 그래서 내가 항상 압도당하는 거야.'

그랬다. 첸린에게 있어 이순신은 언제나 우러러마지않는, 동경의 대상인 '군신'의 전형이었던 것이다. 최악의 조건에서도 나라를 살린, 오로지 나라와 백성만을 생각하는 비현실적 인물. 첸린 자신이 언제나 꿈꿔왔고, 꼭 되고 싶어 했던 '충신'과 '명장'의 본보기! 첸린에게 이순신은 '우상'이었다.

'빌어먹을. 천하의 이 첸린이 소방의 한낱 장수한테 이리 마음을 뺏길 줄 누가 알았겠는가?'

사실 조선에 올 때만 해도 이 나라를 업신여기고 있었다. 당연했다. 명나라의 속국에 불과한 데다, 왜적의 침입 때 단 20일 만에 수도인 한양이 무너진 형편없는 나라였으니까. 명나라가 아니면 하루도 존속하지 못할 이 조그만 나라에 장수다운 장수가 있을 거라고는 생각지도 않았었다.

그런데 하늘은 마치 일부러 균형이라도 맞추듯, 조선이라는 허술한 나라에 이순신이라는 명장을 내려줬다.

'정말이지, 하늘이 하는 일은 오묘하기 짝이 없다니까.'

그때 부관이 달려와 첸린에게 알렸다.

"도독님, 조선의 통제사가 왔습니다."

"음, 이 통제가? 아, 알았네."

첸린은 이마에 손을 올리며 고민에 빠졌다. 아직 출전할지 말지를 결정 못 한 탓이었다.

'하아… 결단의 시간은 왜 이리도 빨리 오는 것인가!'

벌써 뺨에 땀이 흐르고, 심장이 빨리 뛰기 시작했다. 그때, 이순신 장군이 막사 안으로 들어왔다. 장군이 첸린에게 다급하게 외쳤다.

"진 대인, 드디어 왜적이 출전했습니다."

"뭐, 뭐요?"

"시간이 없습니다. 일단 저라도 먼저 노량으로 가 요격하겠습니다."

"이보시오. 통제사. 적들이 어느 쪽으로 올지 아직 모르지 않소?"

"이미 보고가 들어왔습니다. 노량에 배들이 쫙 깔렸습니다."

"음…."

첸린은 말문이 막혔다. 이젠 더 이상 출전 안 할 핑곗거리도 없었다. 그 틈에 장군은 자신의 의견을 더욱 밀어붙였다.

"이젠 달리 방도가 없습니다. 여기 있다가 앞뒤로 협공을 당한다면, 이번엔 우리가 꼼짝없이 독 안에 든 쥐 신세가 됩니다."

"음, 만일 우리가 노량으로 간 사이 샤오시가 도망친다면 어쩔 거요?"

"그놈 막으려다 우리가 몰살당합니다. 일단은 포위당하는 걸 막는 게 급선무입니다. 최대한 빨리 놈들의 원군을 무찌른 뒤 회군해서 기회를 엿봐야겠지요."

"…."

장군이 열변을 토했지만, 첸린은 그저 눈알을 이리저리 돌리며 망설일 뿐이었다. '아, 어찌 저리도 결정을 못 하는가'라고 생각한 장군은 결정타가 필요하다고 판단했다.

"함께 출전해 주시면 조선군이 얻은 수급은 모두 장군께 드리겠나이다. 수급 2천과는 비교할 수 없을 정도로 많을 것이고, 그리하면 봉작을 받는 것도 꿈은 아닐 것입니다."

"커헉!"

첸린으로선 도무지 빠져나올 수 없는 유혹이었다. 그는 말을 더듬으며 대꾸했다.

"아니, 내가 뭐… 전공 때문에 그런 건 아니고…."

"그럼 조선 수군이 그대로 가지오이까?"

"아, 아니! 그건 또 아니고. 암튼 고맙게 잘 받겠소이다. 이 통제!"

첸린이 멋쩍게 웃으며 장군에게 말했다. 장군은 확약이 필요했다.

"자, 함께 출전하시는 거지요?"

장군이 뿜어내는 날카로운 안광에 첸린은 그만 심장이 쪼그라드는 줄 알았다. 그는 마치 호랑이 앞의 새끼 사슴처럼 오들오들 떨었다.

'아, 저 인간의 눈은 어찌도 저리 청명하고 맑은가!'

오금이 저리는 와중에도 첸린은 이순신 장군의 눈을 보며 탄복했다. 그 순간, 무언가 알 수 없는 힘이 첸린의 무거운 엉덩이를 밀어 올렸다.

"아, 알겠소. 까짓것 같이 갑시다!"

첸린이 벌떡 일어나며 장군에게 말했다. 장군은 예를 취하며 감사를 올렸다.

"감사합니다. 도독. 이 은혜 평생 잊지 않겠습니다."

해시(밤 9~11시), 묘도 선착장.

– 쏴아, 쏴아.

오늘따라 파도 소리가 유난히 피를 끓게 했다. 이글거리며 타오르는 횃불들 때문에 더욱 그러하리라. 해변을 뒤덮은 수많은 횃불은 선착장을 대낮처럼 밝혔고, 그 앞으로 조선 수군들이 도열해 있었다.

단상 위에 올라선 이순신 장군이 연설을 시작했다.

"오늘 왜적들이 대규모 함대를 이끌고 이쪽으로 온다. 왜교성의 소서행장을 구출하러 말이다. 당연히 우리는 놈들이 그렇게 하는 걸 그냥 보기만 할 수 없다. 목숨을 바쳐서라도 그걸 막아야 한다. 알겠는가!"

"예, 장군!"

장병들이 하늘이 떠나갈 정도로 크게 외쳤다. 장군이 말을 이었다.

"지난 7년간 얼마나 많은 병사들이 죽어갔는가. 전쟁이 일어나기 전 그들은 그저 평범한 농부요, 어부요, 가장일 뿐이었다. 전란만 아니었다면, 오늘도 가족과 소소한 행복을 즐기고 있을 사람들이었다. 그런데 왜적들은 우리의 그 작은 행복마저 빼앗아 갔다! 용서할 수 있겠는가?"

"용서할 수 없습니다!"

장병들이 칼과 창을 들고 함성을 질렀다. 사기가 뜨겁게 올랐다. 장군이 말을 이었다.

"힘없는 조선의 백성들은 자기 가족을 지켜보겠다고, 낫과 쇠스랑까지 들고나와 의병이 되었다. 그렇게 피를 토하는 심정으로 왜

208

적과 싸우다 죽어 갔다. 셀 수 없이 많은 조선인들이 죽어 갔다. 심지어는 죽어서도 코가 베이고, 귀가 베이는 치욕을 맛보았다. 그들은 분명히 저승에 가지 못하고, 원귀가 되어 조선 땅을 배회할 것이다. 이 불쌍한 원혼들의 원한을 누가 갚아주어야 하는가?"

"우리가 갚아줘야 합니다!"

"이번에도 불가피하게 희생자가 나올 것이다. 그것도 많이 나올 것이다. 그럼에도 우리는 적과 싸워야 한다. 우리가 막지 않으면 사랑하는 부모와 아내와 자식들은 누가 지킬 것인가? 우리 목숨의 대가로 그들을 살릴 수만 있다면 그걸로 족하다. 하늘은 이 시대의 우리에게 그런 운명을 주셨다. 모두 마음을 굳게 다잡도록 하라."

"알겠습니다. 장군!"

"단 한 놈의 왜적도 살려 보내선 안 된다. 이번에 노량에서 왜적들을 일망타진한 후, 전광석화처럼 서쪽을 쳐 소서행장의 목을 취할 것이다. 그런 다음, 파죽지세로 한산도와 거제도, 절영도와 부산포를 되찾을 것이다. 그리하면 다른 나라의 도움을 받지 않고 우리 스스로 나라를 구할 수 있다. 그래야 하지 않겠는가!"

"그래야 합니다!"

장병들 모두 소리 높여 외쳤다. 그런 그들을 보고 있자니 예전에 순국한 부하들을 위해 썼던 제문이 떠올랐다.

親上事長   윗사람을 따르고, 상관을 섬기는 것에 있어

爾盡其職	그대들은 맡은바 직분을 다 했으나,
投醪吮疽	부하들을 위로하고 사랑하는 일에 있어
我乏其德	나는 그런 덕이 모자랐노라.

"그동안 이 못난 장수를 따른다고 고생이 많았다. 하지만 이번 전투는 나라의 운명이 걸린 전투. 내 그대들에게 마지막으로 한 번 더 부탁한다. 죽을힘을 다해 싸우라, 그리고 이겨라. 조선의 전사들이여!"

"와, 와!"

이순신 장군은 결연한 표정으로 연설을 마쳤다. 병사들 모두 하늘이 떠나가도록 함성을 질렀다.

"싸우자!"

"이기자!"

"천세!"

"조선 수군 천세!"

조선 수군의 사기는 하늘을 찔렀다. 장군은 사기충천한 병사들을 보며 감격스러운 듯 고개를 끄덕였다.

잠시 후, 대장선 장대에 올라선 이순신 장군이 송희립에게 말했다.

"명 수군은 죽도에, 우리는 관음포에 매복하기로 했네."

"명군이 풍상 쪽이군요."

송희립의 말에 장군이 말없이 고개를 끄덕인 후, 출전 명령을 내렸다.

"자, 출항하세. 노량으로."

"알겠습니다. 출항하라. 노량으로 간다!"

송희립이 갑판 아래를 보며 외쳤다.

그 명령과 함께 조선 수군의 판옥선과 포작선들이 서서히 바다를 헤치고 나아갔다.

장군은 장대에 함께 올라온 아들 회와 조카 완을 보며 말했다.

"어려운 전투가 될 것이다. 다들 마음을 굳게 가져라."

"네, 아버님."

"알겠습니다. 숙부님."

회와 완이 답했다. 장군은 바다를 바라보고 있었다. 잠시 침묵이 흐른 뒤, 장군이 말을 이었다. 그 목소리는 지극히 근엄했다.

"회와 완아, 너희는 앞으로 한 가족으로서 더욱 우애에 힘쓰라."

"알겠습니다."

"우리 가문은 대대로 나라에 충절을 바쳐온 집안이다. 작은 이익을 좇는 어리석음으로 조상님들의 이름에 먹칠하지 않도록 하라."

"알겠습니다."

"이제 너희들도 어엿한 무인이다. 위급한 상황이 닥치더라도 목숨을 초개와 같이 바칠 각오가 되어 있어야 한다. 알겠느냐?"

"명심하겠습니다."

회와 완이 고개를 숙이며 답했다. 장군은 말을 이어 나갔다.

"특히 완이 너는 잘 듣거라."

"네."

"네 아버님은 언제나 우리 형제들을 보살피며 좋은 본을 보이도록 노력하셨다. 내가 글을 깨우치는 데도 도움을 주셨지. 일찍 작고하셔서 안타깝기 그지없지만, 그것이 하늘의 뜻이니 어쩌겠느냐. 너는 앞으로 열심히 정진하여 나라와 임금께 충성을 바치도록 해라. 그게 네 아버님의 유지를 받드는 길임을 명심하고."

"명심, 또 명심하겠습니다."

이완이 비장한 얼굴로 답했다. 이완은 큰형님인 이희신의 막내아들로 어릴 때 아버지를 여의었기 때문에, 이순신 장군이 숙부로서 대신 부양해왔다. 올해 갓 스물, 전란은 이 어린 청년을 잔혹한 전장으로 끌고 나왔던 것이다.

장군은 문득 예전에 정읍현감으로 있을 때의 일이 생각났다. 그때 장군은 두 형님이 일찍 작고한 관계로 그 조카들을 모두 데리고 있었다. 그런데 식솔들이 너무 많다고 사람들이 수군거리자, 장군은 눈물을 흘리며 이렇게 이야기했었다.

내 비록 '남솔의 죄'(수령이 제한된 가족 수 이상을 데리고 부임하는 것)를 짓더라도, 차마 오갈 데 없는 조카들을 버리지는 못하겠소.

그게 벌써 9년 전의 일이었다. 그때 열한 살이던 꼬맹이가 어느 덧 스무 살이 되어 이렇게 전쟁에 참여하다니, 세월이 참으로 빠르게 느껴졌다. 어찌 됐든 이번에 왜적을 몰아내는 전쟁에선 자신이 주된 임무를 맡았지만 앞으로의 전쟁은 이들 젊은이가 담당할 것이다. 장군은 유언을 남기는 심정으로 말을 이어 나갔다.

"회야, 네게도 할 말이 있다."

"네, 아버님."

"작년에 할머니께서 그리되시고, 또 막내까지 보내고 나니 내 마음이 정말로 황망하다. 나조차도 이러한데 네 어머니는 얼마나 가슴이 아프겠느냐? 항상 어머니를 잘 모시고, 막내의 몫까지 더해 효도를 행하라."

"알겠습니다. 아버님."

이회는 굳은 표정으로 아버지께 답했다. 오늘따라 아버지의 말씀이 엄중하고 무겁게 다가오는 듯했다.

아들과 조카에게 당부를 남긴 장군은 그저 지긋이 앞만 바라볼 뿐이었다.

- 쏴아, 쏴아.

검고 어두운 밤, 적막한 파도 소리만이 들렸다. 조선 수군은 조용히 그 파도를 헤치며 나아갔다. 그 뒤를 명나라 수군이 따랐다.

장군은 임진년 때의 2차 출정을 떠올렸다. 그때 조선 수군은 이곳 노량을 거친 후, 사천에서 적들을 대파했다.

'천지신명이시여, 오늘도 그날처럼 우리가 승리할 수 있도록 해주소서.'

장군은 온 정신을 집중해 앞을 바라보았다. 저 검은 바다 위로 나라를 지키다 순국한 장병들의 영혼이 떠다니는 것 같았다. 장군은 그들의 넋을 기리며 잠시 묵념했다.

자정이 다가올 무렵, 장군은 선상에서 손을 깨끗이 씻은 후 무릎을 꿇은 채 축원을 드렸다.

'하늘이시여, 제발 이 전투를 승리로 이끌게 해주소서.'

장군은 모든 힘을 다해 하늘에 빌고 빌었다. 사력을 다해 빌었다. 매서운 바람이 부는데도 온몸에선 땀이 흘렀다. 지난날의 모든 일들이 주마등처럼 스쳐 지나갔다.

얼마나 시간이 흘렀을까? 어느 순간, 알 수 없는 힘이 장군의 온몸을 휘감았다.

마음이 평온해지면서 주변이 고요해졌다. 동시에 장군의 눈앞에 눈부신 빛의 덩어리가 나타났다.

'!'

장군은 실눈을 뜬 채 어둠을 응시했다. 눈앞의 광체(光體)는 서서히 인간의 형상으로 바뀌어 갔다.

'시… 신인(神人)!'

원래 장군은 예지몽을 잘 꾸었다. 어머니께서 돌아가셨을 때도, 칠천량 해전에서 조선 수군이 몰살당했을 때도, 명량에서 기적을 이뤘을 때도, 그리고 아들 면이 죽었을 때도 언제나 예지몽을 꿔 미리 예측했다.

그리고 지금 눈앞에 나타난 신인은 바로 지난해 명량에서 대승을 거두기 하루 전, 꿈에 나타나 작전 요령을 알려주었던 그 신인이었다.

장군은 신인을 향해 소리쳤다.

"신인이시여, 다시 한번만 더 도와주소서!"

신인이 무언가를 말했다. 그 말을 들은 장군이 다시 외쳤다.

"저 무도한 원수들을 무찌를 수 있다면, 죽어도 여한이 없겠나이다."

신인이 장군에게 다시 무언가를 말했다. 장군은 잠시 멈칫하더니 이내 고개를 끄덕였다.

순간, 검은 하늘 위로 유성 하나가 긴 꼬리를 남기며 수평선 아래로 떨어졌다.

해수면 위로 구슬픈 달빛이 어른거렸다.

날이 바뀌고 19일이 되는 순간이었다.

12. 최후의 날

자시(밤 1시) 경 노량 해협 초입 관음포 입구, 조선 수군 본대 측.

칠흑 같은 어둠. 어디가 바다고 어디가 하늘인지 구분조차 되지 않는 암흑의 공간. 노량 앞바다는 잠시 후 벌어질 대 살육전을 예고하는 듯 기분 나쁜 살기가 바다 전체를 뒤덮고 있었다.

거기에 살을 에는 추위. 11월(양력 12월) 바다의 추위는 온몸을 송곳으로 찌르듯 아팠다.

그래도 다행인 건, 달이 서산에 걸려 산 그림자가 바다 위를 어둡게 드리우고 있다는 점이었다. 그야말로 함대를 엄폐하기 딱 좋은 환경이었다.

"매복하기 좋은 밤이다. 하늘이 우리를 돕는구나."

이순신 장군은 나직이 중얼거렸다.

현재 조선 수군 본대는 노량 해협 앞에 놓인 죽도 남쪽에, 명 수군은 죽도 북쪽에 자리 잡고 있었다. 이들보다 7리 떨어진 앞쪽에는 전위 함대가 매복해 있었다.

장군이 전방을 예의주시하던 그때, 송희립이 다가와 보고했다.

"경상우수사의 보고입니다. 적선 수백 척이 노량으로 들어오고 있답니다."

그 말을 듣는 순간 장군은 환희를 느끼며 눈을 감았다.

'됐다. 드디어 걸려들었다.'

잠시 후, 눈을 뜬 장군이 송희립을 보며 고개를 끄덕였다.

"알겠네. 병사들에게 방어래를 물리게. 닻은 올리고 매복군이 개전할 때까지 대기하게."

"네, 장군."

송희립은 고개를 끄덕인 후 자신의 위치로 향했다.

이번 왜 함대의 규모는 실로 어마어마했다. 사천의 시마즈, 고성의 다치바나, 남해의 소, 부산의 데라자와 등이 총동원되었기 때문이다.

상황은 긴박하게 흘러가고 있었다.

'오너라. 어서 오너라.'

장군의 안광이 어둠 속에서 빛나고 있었다.

❖ ❖ ❖

축시(새벽 2시) 경, 해협 바로 앞쪽의 조선 수군 매복 함대.

이순신(李純信), 이영남, 이언량, 방덕룡, 송섭 등이 각자의 전선에서 적을 살피고 있었다. 그리고 얼마 후, 눈앞에 바다를 가득 메운 수백 척의 왜선들이 나타났다.

하지만 아직은 때가 아니다. 제1열의 적선들이 노량 해협을 빠져 나오는 순간이 최적기였으니까.

"기다려라. 기다려라."

매복 함대의 맨앞에 선 이영남이 지휘봉을 아래로 내린 채 주변 군관들에게 일렀다.

– 쏴아, 쏴아.

이윽고 왜 함대의 제1열이 노량을 통과하려 했다. 지금 공격하면 녀석들은 해협 중간에 걸리는 셈이다. 그 순간 이영남이 소리 높여 외쳤다.

"지금이다. 신기전을 쏴라!"

이영남이 명령을 내리자 조선 사수들이 일제히 신기전을 날렸다. 전쟁을 알리는 신호탄이었다.

– 쉭, 쉭, 쉭!

순간, 칠흑 같던 노량 앞바다가 밝아지면서 왜 선단의 형체가 드러났다.

이영남이 큰 소리로 명령했다.

"방포하라!"

7년 전쟁의 마지막 전투인 '노량해전'이 시작되는 순간이었다.

❖ ❖ ❖

한편, 순천으로 향하던 왜군 함대에선 뜻밖에 나타난 신기전의 불빛에 조·명 매복 함대가 그 위용을 드러내자, 시마즈 가문 소속의 왜군 장수가 깜짝 놀라 크게 소리쳤다.

"헉, 매복이다! 서둘러 공격하라!"

"하, 하잇!"

불시에 나타난 적 그리고 갑작스러운 명령 때문에 유미 아시가루들이 허둥지둥 대며 활을 쏘기 시작했다.

– 휙, 휙!

화살을 쏘긴 했지만 거리가 있어 당연히 맞진 않았다. 이들은 그저 뒷줄에 있는 뎃포 아시가루들을 위해 시간을 벌어주는 것일 뿐. 첫 번째 공격 후 유미 아시가루들은 뎃포 아시가루들을 위해 뒤로 빠졌다. 하지만 몇몇은 몸이 얼어붙은 채 꼼짝달싹 못 했다. 눈앞으로 다가오는 거대한 판옥선 탓이었다. 현재 자신들이 타고 있는 세키부네는 평균 6단 돛대의 배, 그에 비해 조선의 판옥선은 무려 24~25단 돛대에 해당하는 대형 전함이었기 때문에 그 크기에서부터 압도당했다. 이를 보다 못한 왜병 장수가 유미 아시가루들을 채근하며 뒤로 물렸다.

"주눅 들지 마라. 적의 배가 크다고 해도 우리 수가 압도적이다."

그러는 사이 양측의 전함이 가까워지면서 사정거리 안으로 들어왔다. 왜병 장수가 명령을 내렸다.

"뎃포, 공격하라!"

"핫!"

뒷줄에서 화약을 쟁여 넣던 뎃포 아시가루들이 일제히 앞으로 나와 조준 자세를 잡았다.

❖ ❖ ❖

하지만 조선 수군이 한발 앞섰다. 이미 장전을 마친 천자와 지자가 방덕룡의 명령에 따라 불을 뿜었다.

"대장군전과 장군전을 발포하라! 돛대를 노려라!"

"돛대를 노려라!"

– 펑, 퍼펑!

– 콰쾅!

"아악!"

"크아악!"

판옥선에서 발사된 수십 개의 대장군전과 장군전이 왜군 제1열

220

의 아타케부네와 세키부네의 돛대를 그대로 강타했다. 두 동강 난 돛대가 괴성을 지르며 갑판을 덮쳤다. 컴컴한 어둠 속에서 우왕좌왕하던 왜병들은 그대로 깔려버렸다. 뇌수가 터지고 피와 살점이 튀었다. 참혹한 비명이 여기저기서 들렸다.

이영남도 발포 명령을 내렸다. 지자와 황자가 불을 뿜었다.

"조란환(鳥卵丸)과 차대전을 방포하라!"

– 펑, 펑, 펑!

"으악!"

"살려줘!"

수천 개의 조란탄이 삼나무로 만들어진 왜선들을 부쉈다. 왜선들의 대나무 방패가 쪼개지면서 엄청난 파편과 분진이 일었다. 뱃전에 붙어있던 뎃포 아시가루들이 그 충격으로 바다로 튕겨 나갔다. 한밤중이라 왜군의 조총보다 사정 범위가 넓은 조선군의 조란탄이 훨씬 효율적이었다.

– 휘이잉!

때마침 북서풍이 강하게 불기 시작했다. 그에 맞춰 죽도 북쪽에서 대기하던 명 수군 매복 함대가 튀어나왔다. 기함은 이순신 장군이 부총 덩쯔롱에게 선물로 준 판옥선. 덩쯔롱이 장대에서 크게 외쳤다.

"호준포와 멸노포를 쏴라!"

– 펑, 퍼펑!

덩쯔롱의 양 옆에 있던 복선과 창산선에서도 조총과 불랑기가 일제히 불을 뿜었다.

"불랑기와 조총을 쏴라!"

– 탕, 탕, 탕!

– 콰쾅, 콰콰쾅!

"크아아악!"

곳곳에서 왜선이 부서지고, 왜병들의 몸뚱이가 갈가리 찢어졌다.

명나라 원군의 전선들은 소형이 태반이라 반동력이 큰 화포는 신지 못했다. 하지만 이날은 판옥선 덕분에 호준포를 실을 수 있어 포격의 안정성을 확보할 수 있었다. 거기다 좁은 해협에 적들이 촘촘히 몰려있는 관계로 명중률도 훨씬 올라갔다. 조명 연합 수군의 합동작전이 빛을 발하는 순간이었다.

"경궁과 화전을 쏴라!"

명나라 매복 함대에서 수없이 많은 경궁과 화전이 날아올랐다. 하늘을 가득 메운 불화살들이 떨어지며 왜선들에 꽂혔다. 왜선들에서 큰불이 일었다.

– 화르륵!

"으악!"

앞 열 맨 우측의 배 세 척이 순식간에 화마에 휩싸였다. 왜병들이 비명을 지르며 바다로 뛰어들었다. 북서풍이 강하게 분 덕분에 불똥이 인근 왜선으로 바로 튀었다. 좁은 노량 해협에 막혀 병목현상이 벌어지는 바람에 배와 배 사이의 간격이 극도로 좁아진 탓이었다.

예리한 방덕룡이 이 순간을 놓치지 않았다. 그는 허둥대는 앞 열 중앙 좌측의 적선에 다가가 불 붙은 짚과 섶을 던지라고 명령했다.

"지금이다. 짚과 섶을 던져라!"

"짚과 섶을 던져라!"

갑판 위의 병사들이 앞 열에 있는 세키부네들을 향해 불 붙은 짚을 던졌다. 앞서 오던 세키부네 세 척이 순식간에 불길에 휩싸였다.

– 화르륵!

"으악!"

"피, 피해라."

왜병들이 비명을 지르며 바다로 뛰어들었다. 이로써 앞 열의 적선 태반이 불길에 휩싸였다. 열받은 왜병 장수가 고래고래 고함을 질러댔다.

"뭣들 하는 게냐? 뎃포를 쏴라!"

하지만 불길 때문에 뎃포 아시가루들이 조총 공격을 할 수 없는 지경이었다. 첨저선인 세키부네는 빠르게 항진할 때 오히려 안정성을 확보하는데, 같은 자리에서 맴돌다 보니 배가 크게 출렁거렸다. 거기다 한밤중, 당연히 뎃포의 명중률은 현저히 떨어졌다. 설상가상으로, 앞 열의 전선들이 불타는 바람에 자신들의 장점인 등선 육박전도 불가능한 상태. 왜군의 상황은 절망적이었다.

제1열 중 그나마 화마에서 벗어나 있던 좌단 세키부네들이 전속력으로 전장을 빠져나가려 했다.

"좌현으로 틀어 전속력으로 노를 저어라! 빨리 빠져나가야 한다."

배에 탄 왜장이 미친 듯이 소리쳤다. 하지만 이미 10여 척의 왜선들이 불타며 뜨거운 열기와 연기를 뿜어내는 상황. 물길을 헤치려면 목숨을 걸어야 했다.

"빨리 노를 저어라. 안 그러면 다 죽는다!"

왜장의 채근에 전열 좌측의 왜선들은 뜨거운 화염을 뚫고 가까스로 전장을 빠져나왔다.

"지금이다. 총공격하라!"

하지만 힘겹게 탈출한 왜선들을 기다리고 있는 건 관음포 앞에서 대기 중이던 조선 수군 본대였다. 이순신 장군이 크게 외쳤다.

"왜장의 배를 노려라. 천자와 지자를 쏴라!"

"천자와 지자 방포!"

– 쾅, 쾅, 콰콰쾅!

– 파지직!

"쿠에엑!"

"으아악!"

앞서 오던 세키부네 선수 부분이 장군전을 맞고 무참히 박살 났다. 곧이어 대장군전이 세키부네의 흘수 바로 위를 때렸다. 왜선은 마치 귀신이 울부짖듯 괴성을 지르며 가라앉기 시작했다.

– 끼이이익!

"으악, 배가 가라앉는다!"

"사, 살려줘!"

흘수 바로 위에서 노를 젓던 소슈(격군)들이 비명을 지르며 살려 달라고 발버둥쳤다. 하지만 바닷물이 구멍 사이로 미친 듯이 들어오는 바람에 그대로 휩쓸리고 말았다. 갑판 위의 병사들도 배가 한쪽으로 기울자 중심을 잃고 다들 한쪽으로 엎어지고 구를 수밖에 없었다.

"제길, 이건 또 뭐야?"

뒤따르던 왜병 장수들이 경악했다. 기껏 탈출했다고 생각했는데, 매복 함대보다 훨씬 더 많은 본대가 있었기 때문이다.

"헉, 조선 놈들의 본대다. 우현으로 틀어 난바다로 나가라!"

세키부네 두 척이 선수를 크게 틀기 시작했다.

하지만 이들은 곧 흥양현감 고득장의 사정 범위 안에 들어왔다. 고득장이 소리쳤다.

"현자를 쏴라!"

– 펑, 퍼펑, 펑, 펑!

수백 발의 조란환이 일제히 세키부네 두 척을 향해 쏟아졌다. 왜선의 뱃전에 달린 방패들이 산산조각 났다.

– 콰지지직!

"크헉!"

"아악!"

일단은 기선을 제압했다. 고득장이 연이어 명령을 내렸다.

"화전을 쏴라!"

판옥선에서 수없이 많은 화전이 날아올랐다. 화전들은 긴 불꽃을 그리며 그대로 세키부네에 꽂혔다.

– 화르르륵!

세키부네 두 척에서 거의 동시에 불이 일었다. 뒤따르던 또 다른 세키부네의 왜군 장수가 이 장면을 보고선 경악했다.

"빌어먹을, 중앙 바다에 적들이 많다. 연안, 연안으로 근접해 항진하라!"

뒤따르던 세키부네가 좌현으로 틀면서 수 척의 아타케부네와 수십 척의 세키부네들도 방향을 바꾸었다. 그때 갑자기 눈앞이 밝아졌다. 100보 앞에서 조선군이 신기전을 쏘아 올린 것이다. 왜병 장수가 기겁하며 외쳤다.

"뭐, 뭐냐?"

어느샌가 순천부사 우치적, 안골포만호 우수, 사도첨사 이섬의 판옥선들이 모습을 드러냈다. 그들은 바다 중앙에서 어둠을 이용해 엄폐하고 있었던 것이다. 판옥선들은 기습적으로 조란환과 장군전, 차대전 등을 쏴댔다.

"놈들의 측면을 공격하라!"

"흘수 바로 위를 노려라!"

– 펑, 펑, 펑!

– 콰지직!

우레와 같은 총통 소리와 함께 왜선들의 우측 뱃전이 조각조각 부서졌다. 어둠 속에서 갑자기 당한 공격이라 왜병들은 대혼란에 빠졌다.

"아아악!"

"크흑!"

왜병들이 픽픽 쓰러졌다. 아타케부네 누각 위에서 이 광경을 지켜보던 왜병 장수가 안절부절못하며 외쳤다.

"빌어먹을, 빨리 빠져나가야 한다. 최대한 노를 저어라!"

하지만 이 난전 상황 속에서 명령 전달이 제대로 될 리 없었다. 왜선은 자기들끼리 서로 부딪히며 갈팡질팡해 댔다.

왜 함대의 전열이 교란되자 그 틈을 노린 조선 수군 대장선이 공격했다.

"현자와 황자, 방포하라!"

– 쾅, 쾨쾅!

이순신 장군이 연이어 고함쳤다.

"비격진천뢰를 던져라!"

명령에 따라 병사들이 비격진천뢰에 불을 붙여 왜선으로 던졌다.

– 슈욱, 쾨쾨쾅!

"크아악!"

"으악!"

비격진천뢰가 쪼개지면서 그 안의 철환이 사방으로 터졌다. 주변에 있던 왜병들이 피를 뿜으며 쓰러졌다. 갑판 위로 피와 살점이 떨어졌다.

장군이 더욱 크게 소리쳤다.

"지금이 기회다. 장군전을 쏴라!"

"장군전 발포!"

– 슈아악!

– 콰콰쾅!

"꾸에엑!"

"카학!"

기다란 장군전이 왜선들의 측면을 사정없이 가격했다. 온갖 파편이 튀었다. 파편에 얼굴을 맞은 왜병들은 비명을 지르며 넘어졌다. 어떤 장군전은 그대로 왜선의 흘수 바로 위를 가격했다. 순식간에 왜선 안으로 물이 쏟아져 들어갔고, 부글부글 끓는 물거품과 함께 왜선이 가라앉기 시작했다. 그야말로 융단폭격이었다. 제1열의 왜선들은 반격다운 반격 한 번 못 해보고 계속해서 침몰할 뿐이었다.

"한 놈도 살려 보내선 안 된다!"

– 둥, 둥, 둥!

장군은 장대 위에서 독전고를 두드리며 병사들의 사기를 북돋 웠다.

❖ ❖ ❖

같은 시각, 노량 해협 초입.

전방에서 적과 대적하고 있던 조명 매복 함대는 고전하고 있었다. 불타는 왜선들이 가라앉아 공간이 생겼고, 그 틈으로 왜선들이 밀려 들어왔기 때문이다. 함평현감 송섭이 온 힘을 다해 병사들을 독전했다.

"배를 물린다. 퇴각하면서 은장차중전과 피령차중전을 쏴라!"

"은장차중전과 피령차중전을 쏴라!"

- 타타타!

"으악!"

"크아악!"

왜병들의 비명이 들렸다. 하지만 세키부네들은 역시 빨랐다. 세 척의 세키부네가 송섭의 배를 노렸고, 어느덧 양측의 거리는 50보 안쪽이 됐다. 이렇게 되면 녀석들도 반격할 수 있다. 저 앞에서 왜병 장수의 명령 소리가 들려왔다.

"뎃포를 쏴라!"

- 탕, 탕, 탕!

귀를 찢는 철포와 대철포 소리가 천지를 뒤흔들었다.

판옥선 뱃전에 설치한 장방패들이 '파지직' 소리를 내며 부서 졌다.

"으윽!"

"크흑!"

조선 병사들이 차례차례 쓰러졌다. 그러면서 세키부네와는 더욱 가까워졌다. 왜병 장수의 소리도 더욱 크게 들려왔다.

"등선하라!"

230

왜선들에서 갈고리와 사다리, 조교가 튀어나왔다.

이를 본 송섭이 외쳤다.

"물러서지 마라. 갈고리를 잘라라!"

조선 병사들이 허겁지겁 갈고리 줄을 잘랐다. 하지만 사다리와 조교를 타고 오는 왜병들이 중과부적이었다. 송섭이 뱃전에서 아래를 보며 명령했다.

"신화(薪火, 불 붙은 섶)를 던져라!"

다행인 점은 판옥선의 갑판이 훨씬 높다는 점이었다. 병사들이 아래쪽으로 불 붙은 짚과 섶을 던졌다. 아래에 있는 세키부네들이 화염에 휩싸였다.

"으아악!"

"크악!"

몸에 불이 붙은 왜병들이 바다로 뛰어들었다.

하지만 갑판 위로 올라온 왜병들 수도 만만찮았다. 왜적들은 야차(귀신)처럼 조선 병사들을 베어나갔다.

"죽어라. 조선 놈들!"

"크아악!"

조선 병사들이 피를 뿜으며 쓰러졌다. 우현에서 이를 발견한 송섭이 재빠르게 달려와 왜병 하나를 칼로 내리쳤다.

"꾸에엑!"

송섭의 등장에 왜병들이 주춤했다. 송섭은 병사들을 독전하며 칼을 휘둘렀다.

"물러서지 마라! 놈들을 베어라!"

– 챙, 챙, 챙!

"크아악!"

송섭은 차례차례 왜병들을 베어나갔다. 조선 수군들도 죽을힘을 다해 당파와 겸창, 구창으로 왜적들을 찔러댔다. 난전에 난전. 갑판 위는 그야말로 아수라장이었다.

그리고 얼마 후, 마침내 조선군이 등선했던 왜적들을 모두 소탕했다. 하지만 조선군의 피해도 막심했다. 갑판 위로 핏물이 철철넘쳤고, 시체로 발 디딜 틈이 없었다. 온몸이 상처투성이가 된 송섭이 명령을 내렸다.

"배를 물려라! 본대와 합류한다!"

"퇴각하라!"

판옥선이 제자리에서 선수를 크게 돌렸다. 그 순간, 서북 방향으로 덩쯔롱의 판옥선이 왜선들에 의해 둘러싸이는 게 보였다. 송섭은 주먹을 꽉 쥐며 입술을 깨물었다.

"이럴 수가… 등 부총이!"

덩쯔롱의 판옥선은 고물 쪽에 불이 붙은 상황이었다.

"으악, 불이다!"

– 콰쾅!

왜군이 판옥선 흘수 위를 오즈쓰(공성용 대형 철포)로 집중 공격했고, 마침내 구멍이 뚫렸다. 선창으로 물이 미친 듯이 들어왔고, 판옥선이 기울어졌다.

"모두, 모두 중심을 잡아라!"

덩쯔롱이 고함쳤다. 갑판 위로 왜병들이 물밀듯이 쇄도했다.

"이야압, 모두 죽여라!"

판옥선을 에워싼 세키부네들 뒤로 명나라의 오미복선과 백조, 용조선과 팔라호팔장선이 달라붙었지만 역부족이었다.

여기저기서 비명이 들렸다. 덩쯔롱은 흰 수염을 휘날리며 언월도를 휘둘렀다. 하지만 아무리 백전노장이라 해도 60대 후반의 노인으로선 벅찬 싸움이었다. 결국 덩쯔롱은 양쪽 다리와 배를 창에 찔리고 말았다.

"크흑!"

피를 흘리면서도 덩쯔롱은 기어이 중심을 잡으며 왜적들을 향해 칼을 휘둘렀다.

– 탕!

그때 조총 소리가 한 발 울렸다. 덩쯔롱은 가슴을 움켜쥐며 갑판 위에 쓰러졌다.

"크흑!"

왜적들이 엎어진 덩쯔롱에게 달려들었다. 놈들은 덩쯔롱의 머리를 잘라 높이 쳐들었다.

"우하하하! 명나라 부총의 수급이다!"

"승리는 우리 것이다!"

조선 장수 송섭이 멀리 떨어진 곳에서 덩쯔롱의 상황을 생생히 목격하고 있었다. 하지만 지금 상황에서 그쪽으로 가면 이쪽마저 몰살당할 위험이 있었다. 송섭은 부관에게 외쳤다.

"어쩔 수 없다. 전속력으로 퇴각하라!"

송섭의 판옥선이 뒤로 빠졌다. 뒤이어 이영남과 방덕룡의 배도 뒤따르는 게 보였다. 그 뒤로 왜선들이 개미 떼처럼 몰려오고 있었다.

❖ ❖ ❖

묘시(오전 5~7시), 밀물에서 썰물로 바뀌기 시작했다. 동시에 조류도 동쪽에서 서쪽으로 흐르기 시작했다.

"어헉, 배가 밀린다!"

"뱃머리를 돌려라. 좌현으로 꺾어라!"

지리에 익숙지 않은 왜선들이 엉키기 시작했다. 개중에 몇 척은 아예 뒤집히기까지 했다.

"으악, 살려줘!"

수많은 왜병들이 물에 빠져 허우적댔다. 조선 수군은 이 기회를 놓치지 않았다.

"화전을 쏴라!"

"은장차중전과 피령차중전을 쏴라!"

– 펑펑, 퍼펑!

– 쿠콰콰쾅!

"으아악!"

왜병들이 비명을 지르며 튕겨 나갔다. 왜선은 부서지고 침몰했다. 수백 척의 왜선과 수십 척의 판옥선들이 뒤엉켜 서로 죽이고, 베고, 난도질했다. 수많은 조선 병사들이 쓰러졌다.

❖ ❖ ❖

이언량의 전함은 여전히 적들을 잘도 교란하며 왜적들에게 큰 피해를 주고 있었다.

"내가 거북선 돌격대장 이언량이다! 왜적 놈들을 모조리 섬멸해 주마!"

이언량이 승선했다는 것 자체가 병사들에겐 큰 힘이 되었다. 이언량도 이를 아는지 계속해서 병사들을 독전했다.

"지금이다. 화전과 진천뢰를 빨리 던져라!"

이언량의 명령에 따라 병사들은 약실에 탄약을 재어 넣고 바로 불을 붙인 다음, 앞쪽으로 다가오는 적선에 화전과 진천뢰를 날렸다.

– 쉬이익!

– 콰쾅!

"으악!"

판옥선에서 던져진 화기들이 앞쪽으로 다가오던 세키부네 2척의 중앙 돛대를 제대로 직격했다.

– 화르르륵!

잠시 후, 중앙 돛대를 지탱하던 밧줄 걸이가 불타면서 끊어졌다. 그러자 거기에 매달려 있던 대형 활대가 퉁겨져 올랐다.

– 팽그르르!

그러자 이미 불타오르던 돛 자체가 바람에 펄럭이며 난동을 부렸다. 그 와중에 중앙 돛을 지탱하는 중형 대나무 활대들이 탁탁 소리를 내며 갑판 위로 떨어졌다.

– 쿵, 쿠쿵!

"으아아!"

양쪽 적선의 난간과 돛, 갑판 곳곳에서 불길이 치솟는 데 그리 오랜 시간이 걸리지 않았다. 양 현으로 거대한 불기둥이 일어나자, 중앙 갑판에서 싸우던 왜적들이 당황하기 시작했다.

"으아, 이게 뭐야?"

"어찌, 이런 일이!"

세키부네들은 불길에 휩싸였고, 왜적들은 바다로 뛰어들기 바빴다.

그 모습을 본 이언량이 크게 소리쳤다.

"두 척을 불살랐다! 조금만 버텨라. 우리가 이긴다!"

이언량은 갑판 위를 이리저리 뛰며 병사들의 사기를 북돋우고 있었다. 하지만 적선의 수는 많아도 너무 많았다.

그렇게 동분서주하던 그때, 아타케부네와 세키부네들이 돛을 활짝 펼치고, 강렬한 기세로 이언량의 판옥선으로 돌진해왔다.

"어, 어… 부딪힌다!"

왜적들의 속도는 예상외로 빨랐다. 어느새 왜적의 아타케부네와 아군의 판옥선이 충돌하려 했다. 순간, 왜적들의 대장으로 보이는 놈이 갈라지는 목소리로 외쳤다.

"하하하, 오늘 조선 놈들의 고기 맛 좀 보자. 어서 갈고리를 걸어라!"

"하잇!"

– 휙, 휙, 휙!

– 타캉!

판옥선과 아타케부네가 연결되었다. 동시에 30여 명의 왜적들이 이언량의 판옥선으로 들이닥쳤다. 이언량은 왜적들을 향해 달려가며 부하들에게 외쳤다.

"모두 좌현 뱃전으로 달려가라!"

"알겠습니다!"

이언량의 명령에 따라 조선 수군들이 일제히 창과 칼을 들고, 뱃전으로 향했다. 갑판 위로 몇 명의 왜적들이 등선했다. 이언량이 놈들을 보며 외쳤다.

"어딜 감히!"

– 쇄액!

이언량은 곧바로 칼을 내리치며 맨 앞에 있는 놈의 배를 갈랐다.

"으악!"

갈라진 녀석의 배 안에서 내장이 튀어나왔다. 그와 동시에 등 뒤에서 동료 선원들도 뛰쳐나왔다.

"죽어라!"

"이 새끼들이!"

"으아아!"

– 챙, 챙!

– 탕, 탕!

칼과 칼이 부딪치는 소리, 조총이 발사되는 소리, 선원들의 비명. 여기저기서 피가 튀었고, 갑판 위는 순식간에 아수라장이 되었다.

이언량은 온 힘을 다해 칼을 휘두르며 달려드는 놈들의 머리를 찍고, 베고, 자르며 후갑판으로 점차 자리를 옮겨갔다.

"으아아!"

"커헉!"

그 순간….

— 투캉!

배가 크게 흔들렸다. 갑판 위의 모두가 휘청거렸는데, 이언량 또한 반동으로 무릎을 꿇었다. 또 다른 왜적의 배가 우현 쪽에 붙은 것이다.

이번에도 녀석들은 조교를 걸더니, 물밀듯 들이닥쳤다. 그 수도 마찬가지로 30명에 육박했다.

'제기랄, 이대로 끝인가?'

지금까지 숱한 사망자가 나왔다. 조선군은 갑판 위에서 점차 밀리고 있었다.

"물러서지 마라! 우리가 이긴다!"

얼굴이 피범벅이 된 이언량이 핏대를 올리며 외쳤지만, 전황은 아군 측에 불리했다. 이언량은 죽을 각오로 칼을 휘두르며 닥치는 대로 베고, 자르고, 찔렀다.

— 탕!

"크흑!"

이언량이 고통스러운 비명을 지르며 쓰러졌다. 왼쪽 어깨가 불에 타는 듯 고통스러웠다. 피…. 어깨에 손을 대어 보니 피가 콸콸 쏟아졌다.

— 투캉!

– 투캉!

순간 배가 뭔가에 부딪히는 충격으로 크게 흔들렸다. 연이어 두 척의 세키부네가 더 판옥선에 붙은 탓이었다. 이제 총 4척의 세키부네가 판옥선에 달라붙은 것이다. 이언량은 다시 쓰러져 굴렀다.

왜적들이 조교를 펼치고 미친듯이 판옥선을 기어 올랐다.

"이야아!"

선미와 선수 쪽에서도 왜적들이 등선하기 시작했다. 판옥선에 달라붙은 왜선들은 마치 커다란 소를 물어뜯는 승냥이 떼처럼 보였다.

"하아, 하아…."

이언량이 거친 숨을 몰아쉬며 억지로 일어났다. 칼을 휘둘러 봤지만 힘이 들어가질 않았다. 온몸은 이미 상처투성이에, 땀과 피로 범벅이 되어 있었다. 머리가 혼미해지고, 귀가 잘 들리지 않았다. 몸의 왼쪽 부분이 마비가 된 듯했다.

"내, 이 왜적 놈들을…."

이언량이 있는 힘을 다해 칼을 들었다.

– 탕!

순간, 모든 것이 멈춰지면서 사위가 검어졌다. 이언량은 그대로 갑판 위로 고꾸라졌다.

❖ ❖ ❖

얼마나 시간이 흘렀을까? 칠흑 같던 바다, 필사적으로 탈출구를 찾던 왜군의 척후 중 하나가 관음포 입구를 가리키며 외쳤다.

"외항길을 찾았습니다! 저기가 대양 입구입니다!"

"좋다. 모두 저리로 향하라!"

"빨리 노를 저어라!"

"으샤, 으샤!"

왜병들은 필사적으로 노를 저어 트인 바다로 향했다.

"아니 저놈들 왜 관음포로 들어갈까요?"

송희립은 왜군들이 뜻밖의 행동을 보이자 의아해했다. 장군이 살짝 미소 지으며 답했다.

"저기가 외양인 줄 착각한 모양이군."

그랬다. 관음포는 자궁처럼 생긴 만인데, 그 안 포구까지가 멀어서 얼핏 보면 뚫린 바다처럼 보인다. 거기다 이 포구는 일명 '가청곡(假靑谷)' 혹은 '갇힌 곡'이라고 불리는데, 땅이 푸른빛이라 아침에는 해수면과 구분이 어렵다. 오죽하면 이름이 '가짜 푸른색 계곡'이겠는가? 포연이 자욱하고 혼란스러운 상황에서 왜군들이 그만 관음포 안쪽으로 잘못 들어가고 만 것이다.

왜병들이 잘못된 길로 들어선 걸 깨달은 건 이미 포구 안쪽 깊숙이 들어간 이후였다. 왜군들은 짐승처럼 비명을 질러댔다.

"뭐, 뭐야? 막힌 곳이잖아?"

"큰일 났다. 다들 배를 돌려라!"

관음포 만에 갇힌 왜선들이 우왕좌왕하며 배를 틀었다.

하지만 때는 늦었다. 관음포 입구에 자리 잡은 이순신 장군이 근엄하게 명령을 내렸다.

"좋다. 지금이 기회다. 송 군관, 총공격을 명하게."

"네, 알겠습니다. 왜적을 몰아넣어라! 현자와 황자를 쏴라!"

– 펑, 퍼펑!

대장선이 앞장서서 포를 쏘며 왜선들을 몰아넣었다. 세키부네 두 척이 동시에 분파되었다.

– 콰지직!

"꾸에엑!"

세키부네의 측면이 터지면서 왜병들이 휩쓸려 갔다. 장군이 독전고를 치며 크게 외쳤다.

"아군도 합세하도록 기를 올려라!"

"초요기와 영하기를 올려라!"

– 둥, 둥, 둥!

대장선에서 협공을 알리는 기가 올랐다. 이윽고 주위에서 왜선을 공격하던 류형과 당진포만호 조효열, 진도군수 선의경, 사량만호 김성옥의 배가 대장선 쪽으로 모여들었다.

"통제사또, 저희가 왔습니다!"

"잘했다. 자, 승자와 화전, 대완구를 쏴라!"

– 콰콰쾅!

– 콰지직!

"아아악!"

"살려줘!"

왜선들이 부서지면서 수많은 파편이 튀었다. 왜병들은 혼비백산해 울부짖었다. 서로 살겠다고 항진하는 바람에 수많은 왜선들이 뒤엉키며 자기들끼리 충돌하기도 했다. 관음포 입구는 순식간에 아수라장으로 변했다.

조선 수군은 관음포 입구를 막기 위해 안쪽으로 좀 더 들어가 일렬로 도열했다. 최대한 거리를 유지하면서 원거리 공격을 해야 했기 때문이다.

"거리를 유지하라. 차대전을 쏴라!"

"차대전을 쏴라!"

– 슈욱!

– 콰광!

장군이 장병들에게 소리치며 명령했다.

"물러서지 마라! 입구를 막아라!"

관음포 입구의 봉쇄를 시작한 조선 판옥선을 본 왜장이 고래고래 고함쳤다.

"저놈들을 뚫고 나가야 한다. 돌진하라!"

– 쿠콰콰콰!

수십 척의 아타케부네와 세키부네가 필사적으로 돌진해왔다. 그럼에도 불구하고 입구를 막아야 했던 조선 수군은 물러설 수 없었다. 원거리 공격으로 앞 열의 왜선을 수없이 공격했지만, 적들의 수가 워낙 많아 중과부적이었다. 70척의 판옥선으로 관음포 입구를 막기에는 역부족이었던 것이다. 그나마도 병사들이 모자라 정원도 다 채우지 못한 판옥선들이다. 봉쇄선 곳곳에 공백이 생기는 바람에, 결국 조선 수군은 왜선에게 근접전을 허용할 수밖에 없었다.

"하하하, 조선 놈들아. 맛 좀 봐라!"

– 콰직!

빠른 속도로 항진해온 왜선들이 마침내 판옥선과 충돌했다. 세키부네의 선수가 부서졌지만, 상관없었다. 그들로선 선택의 여지가 없었다. 그냥 이판사판이었다.

– 쿠콰콰쾅!

"으윽!"

세키부네 함대의 충돌로 조선 장병들이 크게 흔들렸다. 어느새 우치적, 우수, 이섬의 판옥선들이 대형 세키부네에 의해 포위됐다.

뒤이어 왜병들이 등선을 시도했다.

"모두 올라가서 죽여라!"

– 휙휙휙!

갈퀴와 조교가 판옥선에 걸렸다. 왜병들이 쇄도했다. 조선군은 갈퀴 줄을 자르고, 뱃전에서 창으로 적을 막았지만 왜적의 수가 너무 많았다. 왜적들이 갑판 위로 '쏟아졌다.'

"조선 놈들을 죽여라!"

"왜놈들을 죽여라!"

양측의 함성이 섞이면서 백병전이 시작됐다. 조선 수군들은 장창과 협도곤으로 적과 상대했다. 하지만 왜적은 아무리 지쳤다고 해도 살인귀는 살인귀였다. 그들은 예리한 일본도와 장창으로 조선군들을 유린했다. 조선 병사들은 베어졌고, 피를 토하며 쓰러졌다.

장대에 있던 우치적은 갑판으로 내려와 칼을 휘두르며 왜병들을 잘라나갔다.

– 챙챙챙!

"물러서지 마라! 적들을 베어라!"

"우와와와!"

우치적의 외침에 조선 병사들이 필사적으로 왜병과 맞섰다. 난전에 난전이 계속됐다.

❖ ❖ ❖

본대에 합류한 이영남의 판옥선도 열심히 싸우고 있었다. 원거리 공격을 유지하려 했으나, 결국 중·소형 세키부네 네 척에 포위되었다. 왜병 장수가 소리쳤다.

"사다리와 조교를 올려라!"

"등선하라!"

왜선 한 척이 달라붙어 조교를 올리고 등선을 시도했다. 이번 왜선은 일반적인 세키부네보다 덩치가 컸다. 정유년 이래 왜군이 절치부심하며 성능을 향상시킨 세키부네였다. 당연히 갑판이 높아 등선하는 것도 훨씬 쉬웠다.

아군 배로 넘어오는 적들을 보며 이영남이 외쳤다.

"발화통과 질려포통을 적선에 던져라!"

"알겠습니다. 이얍!"

조선 병사들이 접선한 세키부네와 조교를 향해 발화통과 질려포통을 던졌다. 경각 후 화통들이 폭발했다.

– 콰쾅!

"크아악!"

"으아악!"

세키부네 갑판이 난장판이 됐다. 조교를 타고 쇄도하던 왜병들도 튕겨나갔다. 분절된 몸뚱이들이 바다 아래로 떨어졌다.

– 풍덩!

그래도 수십 명의 왜병들이 뱃전을 기어 올라왔다. 이영남이 크게 외쳤다.

"돌을 던져라!"

현재 이영남의 판옥선에는 화전이 떨어진 상황. 병사들은 남아 있는 창과 돌로 왜병과 대적했다.

– 콰직!

"으아악!"

조선 수군은 있는 힘껏 돌을 던지고 창으로 찔렀다. 하지만 왜병들은 끈질겼다. 서너 명의 왜병이 거머리처럼 뱃전에 착 달라붙은 후 갑판 위로 올라왔다. 이영남이 소리쳤다.

"물러서지 마라. 적들을 베어라!"

– 챙챙챙!

격렬한 백병전이 벌어졌다. 다행히 이영남의 활약으로 왜병들이 하나둘씩 쓰러져 갔다. 마침내 좌현 쪽 갑판의 왜병들을 대부분 죽였다. 하지만 불행히도 우현에서 또 다른 왜병들이 쇄도했다.

"에잇, 끈질긴 놈들!"

이영남은 우현 갑판으로 달려가 칼을 휘둘렀다. 단번에 한 명을 베었다.

"크악!"

왜병이 목에서 피를 뿜으며 쓰러졌다. 하지만 그 뒤로 네댓의 왜병들이 또 달려들었다.

이영남은 칼을 크게 휘둘렀다. 칼은 반원을 그리며 번쩍였다. 그 궤적에 걸린 왜병들의 목이 날아갔다.

"으아악!"

목 없는 몸뚱이들이 갑판 위로 쓰러졌다. 이영남은 거친 숨을 몰아쉬었다.

"이놈들아, 죽고 싶으면 어서 와라. 내가 가리포첨사 이영남이다!"

- 탕, 탕, 탕!

그때 왜병들의 뒤쪽에서 조총 소리가 들렸다. 순간, 이영남은 가슴을 움켜쥐었다. 그리고 잠시 후, 눈을 부릅뜬 채 쓰러졌다.

"크흑!"

이영남은 그렇게 순국했다. 왜병들이 이영남의 판옥선에 미친 듯이 쇄도했다. 학살과 도륙이 시작되었다.

❧ ❧ ❧

방덕룡은 관음포 입구 남쪽에서 전함을 지휘하고 있었다.

그때, 귀를 찢는 조총 소리가 들려왔다.

- 타탕, 타탕!

왜선들이 점점 다가오고 있었고, 갑판 위의 왜적들이 미친 듯이

조총을 쏘아댔다. 방덕룡은 얼른 우현 쪽으로 가 상황을 살핀 후,
명령을 내렸다.

"적들이 몰려온다. 지자와 현자 모두 방포하라!"

"방포하라!"

- 펑, 퍼펑!

왜적들의 접근을 늦추기 위해선 이쪽에서도 응사해야 했다.

- 푸화하학!

- 콰지직!

왜선들 주변으로 거대한 물기둥이 치솟았고, 몇 척의 뱃전이 부
서져 나갔다. 파편이 튀고, 분진이 발생했다. 하지만 바람을 마주
보고 쏘는 턱에 명중률이 높진 않았다.

"빌어먹을, 확실히 풍하 지역이라 어렵군."

거기다 파도가 크게 일렁이자, 배가 앞뒤 좌우로 흔들렸다.

그때 세키부테 두 척이 방덕룡의 배로 돌진해왔다.

"이야압!"

"조선 놈들을 죽여라!"

관음포에 갇혔다가 입구를 발견한 왜적들은 필사적으로 퇴로를
뚫으려 했다. 놈들은 전부 눈이 벌건 늑대처럼 광분하며 달려들었
다. 방덕룡의 판옥선은 위기에 빠졌다.

- 쿵!

"으아악!"

그런데 갑자기 녀석들의 세키부네가 크게 진동하며 선미가 좌측으로 휙 돌았다. 엄청난 반동에 왜적들이 비명을 질러댔다. 놈들의 배가 관음포 입구의 암초에 부딪힌 것이었다.

"흐엑, 뭐야!"

"빌어먹을!"

뒤따르던 세키부네가 앞에서 회전하던 왜군 측 세키부네를 들이받았다. 두 척은 방향을 잃고, 빙글빙글 돌았다. 뒤이어 입구 쪽으로 나오던 나머지 두 척의 세키부네도 암초를 발견하고선 선수를 좌측으로 틀기 위해 안간힘을 썼다. 적선 갑판 위로 허둥대는 왜적들이 모습이 꼴사나웠다.

"지금이다. 쏴라!"

방덕룡이 방포 명령을 내렸다. 판옥선의 지자, 현자, 황자가 연달아 작렬했다. 불화살도 쉴 새 없이 뿜어져 나왔다.

– 투콰! 투콰!!

– 화르르륵!

"으악!"

"아악!"

암초에 걸린 배들은 좋은 먹잇감이다. 거기다 세키부네에 꽂힌 불화살이 돛을 제대로 불태우면서, 왜적들의 배가 모두 불길에 휩싸였다. 왜선들은 침몰하기 시작했고, 왜병들은 절망적인 상황에서 물에 뛰어들었다.

"됐다!"

방덕룡이 기뻐하며 크게 외쳤다. 하지만 아직 기뻐하긴 일렀다. 침몰한 왜선들 뒤로 또 대여섯의 왜선들이 돌진해 온 것이다.

"아, 놈들이 다가온다. 배를 물려라!"

- 촤아아아!

방덕룡의 명령에 판옥선이 배를 돌리려 했지만, 관음포 남쪽 입구에서 갑자기 작은 소용돌이가 일었다.

"으아악!"

그 때문에 판옥선이 제대로 회전하지 못하고 오히려 해안 쪽으로 빨려 들어가게 됐다. 해안 쪽에는 왜군들이 달아나면서 버린 경선과 협선이 즐비하게 널려 있었다.

이미 남해 섬으로 숨어들어 간 왜적들이 숲과 해변에서 방덕룡의 판옥선을 향해 대철포를 쏘아댔다.

- 탕, 탕, 탕!

"이런, 저쪽은 또 대조총 사정거리다. 반대로 노를 저어라!"

방덕룡은 목이 쉬도록 외쳤다. 하지만 진퇴양난의 상황. 한 자리에서 방향을 못 잡은 탓에 달아날 시간을 놓친 방덕룡의 판옥선은 곧바로 여섯 척의 왜선들에 포위되고 말았다.

"제길, 적들이 넘어온다. 육탄전이다. 모두 칼과 창을 들어라!"

"칼과 창을 들어라!"

조선 병사들이 무기를 들고 사방의 뱃전으로 향했다.

– 쇄액, 쇄액!

"이야아압!"

"모두 죽여라!"

왜적들이 갈고리와 조교를 이용해 넘어오기 시작했다. 선미와 선수, 좌현과 우현을 가릴 것 없이 왜병들이 달려들었다. 조선 병사들이 놈들을 막으려 했으나 중과부적이었다.

"으윽!"

"크흑!"

갑판 양 사방에서 병사들이 죽어 넘어졌다. 갑판 위로 피가 흥건했다.

죽음을 예감한 방덕룡이 칼을 높이 쳐들고 놈들에게 달려들었다.

"으아아! 낙안군수 방덕룡이 간다!"

방덕룡은 순식간에 앞의 왜적 두 명을 베었다. 하지만 그의 주위로 예닐곱의 왜병들이 뒤따라 달라붙었다. 등과 다리를 베인 방덕룡은 피를 뿜으며 쓰러졌다.

❖ ❖ ❖

고득장 역시 관음포 입구를 막고 결사적으로 싸우고 있었다.

"지금이다. 방포하라!"

"방포하라!"

– 퍼펑, 펑!

총통을 쏘았지만 곧 공격이 멈췄다. 화약이 다 떨어진 것이다. 화포교사가 달려와 보고했다.

"화약이 다 떨어졌습니다!"

"뭐라? 제길… 왜선에 접선해 남은 짚을 모조리 던져라!"

"왜선에 접선해 짚을 던져라!"

짚 더미를 던지기 위해선 희생을 감수해야 했다. 고득장의 판옥선은 점차 왜선으로 다가갔다.

– 탕, 탕, 탕!

조총의 사정거리 안에 들어오자 왜적들이 미친 듯이 쏘아댔다. 판옥선 뱃전을 둘러싼 장방패가 파편을 뿌리며 부서졌다.

"몸을 숙여라. 일어나지 마라!"

조선 수군들은 전우가 한 명씩 픽픽 쓰러지는데도, 용감히 잘 견뎌냈다. 이윽고 소형 세키부네에 접선한 조선 수군이 불붙은 짚을 던졌다.

"이얍!"

– 화르륵!

"으악!"

소형 세키부네가 불타올랐다. 이를 지켜보는 고득장의 눈빛이 빛났다.

"됐다. 잘했어!"

그렇게 감격해하는 순간,

– 펑!

"크흑!"

장대 기둥이 부서지면서 고득장의 두개골 한쪽도 날아갔다. 고득장은 절명했다. 인접한 왜선에서 쏜 오즈쓰에 가격당한 것이었다. 곧이어 다섯 척의 세키부네들이 몰려들어 판옥선을 에워쌌다. 그들은 판옥선으로 기어 올라왔다. 판옥선 갑판이 붉게 물들어 갔다.

❖ ❖ ❖

"위원포와 벽력포를 쏴라!"

"방포하라!"

같은 시각, 관음포 입구 북쪽에 있던 첸린은 접선을 시도하는 왜선들을 향해 포를 쏘고 있었다. 서너 척을 완파하였으나, 왜선들의 숫자가 워낙 많았다. 결국 첸린의 판옥선은 여덟 척의 세키부네에 의해 포위되고 말았다.

"아, 안 돼! 백병전만큼은 막아야 한다!"

첸린이 당황하며 병사들에게 외쳤지만 이미 늦었다.

– 휙, 휙!

왜선에서 갈고리가 던져졌고, 첸린의 판옥선은 이내 꼼짝달싹 못 하는 신세가 됐다. 그 틈을 타고 왜병들이 조교를 얹은 후, 판옥선으로 넘어오기 시작했다.

"하하하, 죽어라!"

"제기랄, 어쩔 수 없다. 물러서지 말고 맞서라!"

망대에 있던 병사들은 표창과 비렴(飛鎌)을 날렸고, 갑판 위 명 군사들은 삼지창으로 왜병들의 가슴을 찔렀다.

"죽어라, 이 왜놈들아!"

"꾸엑!"

"아악!"

조교를 타고 넘어오던 맨 앞의 왜병 두 명이 입에서 피를 뿜으며 쓰러졌다. 하지만 그 뒤로도 왜병들이 물밀듯이 들이닥쳤다. 그들은 마귀같이 칼을 휘두르며 명나라 병사들을 베어나갔다.

– 쇄액!

"으악!"

명나라 군사들이 추풍낙엽처럼 떨어져 나갔다. 상황이 나빠지자 장대에 있던 첸린도 내려와 싸워야 했다.

"물러서지 마라! 모조리 섬멸하라!"

첸린이 칼을 들고 미친 듯이 소리쳤지만 상황은 악화일로였다. 마침내 왜병 서너 명이 장대 부근에 도달했다. 그들은 장창과 조총으로 첸린을 위협했다.

"하하, 그만 항복하시지. 이 뚱땡아!"

그때 첸린의 아들 첸지요징이 함성을 지르며 삼지창을 들고 적을 향해 내달렸다.

"으아아아, 죽어라. 이놈들아!"

"캬하, 꼴값 떨고 있구나!"

첸지요징은 왜병 하나의 가슴에 창을 찌르는 데는 성공했으나, 곧바로 다른 왜병에 의해 어깻죽지를 베었다. 첸지요징은 고통스러운 탄성을 지르며 쓰러졌다.

"크흑!"

"첸지요징!"

첸린이 놀라 아들에게 가려 했다. 그때 기패관이 당파(삼지창의 일종)를 들고 나머지 왜병들에게 달려들었다.

"크아악!"

무예가 뛰어난 기패관 덕분에 첸린 부자는 절체절명의 위기에서 벗어날 수 있었다. 갑판 위의 왜병들을 모두 무찌른 후, 첸린이 솔발(놋쇠로 만든 종 모양의 방울)을 흔들며 병사들에게 명했다.

"모두 싸움을 멈춰라!"

– 딸랑, 딸랑.

명나라 병사들이 다들 행동을 멈췄다. 판옥선 갑판 위는 곧바로 쥐 죽은 듯 조용해졌다.

한참이나 아무 소리가 안 들리자, 아래쪽 세키부네에서 대기 중인 왜병들은 의아해했다. 판옥선 위에서 무슨 일이 일어나는지 밑에선 안보였기 때문이다.

"음, 어찌 된 건가?"

"무슨 일이지?"

다들 의아해하자 왜 장수가 명령을 내렸다.

"일단은 배를 물려라! 무슨 일인지 살펴보자."

왜선들이 접선한 판옥선에서 서서히 배를 물렸다. 갑판 위에서 무슨 일이 일어나는지 시야를 확보하기 위해서였다.

그때 뱃전 위로 명나라 병사들이 일제히 모습을 드러냈다. 그들은 뱃전 아래의 세키부네를 향해 화공을 가했다.

"비천분통(화염방사기) 발사!"

"화전을 쏴라!"

– 화르르륵!

"으아악!"

왜병들은 머리 위로 쏟아지는 불길에 휩싸이며 비명을 질러댔다. 비천분통에 맞은 세키부네의 돛과 갑판이 불길에 휩싸였다. 적은 대혼란에 빠졌다.

이때 이순신 장군의 대장선이 첸린의 배를 둘러싼 세키부네들을 향해 돌진했다.

"진 도독을 구하라. 활을 쏘아라!"

이순신 장군의 명령에 따라 병사들이 화살을 날렸다.

– 쉬익, 쉭!

"크헉!"

"아악!"

첸린의 배를 둘러싼 세키부네의 왜병들이 수없이 쓰러졌다. 여덟 척 중 세 척이 불탔고, 나머지 세 척의 왜적을 모조리 소탕했다. 두 척은 달아났다. 이로써 조선 수군은 첸린을 무사히 구할 수 있었다.

❖ ❖ ❖

비릿한 피 냄새와 바다 냄새가 섞여 아주 구역질이 났다. 포연이 자욱해 안 그래도 어둠 때문에 구분이 안 되는 주변을 더욱 혼란스럽게 만들었다. 그나마 곳곳에서 불타는 전선들 덕분에 시야는 어느 정도 확보할 수 있었다.

난전에 난전이 계속되는 상황. 밤새 격전을 치러 적선의 수가 현저히 줄어들었다. 조선 수군이 주도권을 쥔 건 확실해 보였다. 하지만 아직 안심하긴 일렀다. 여전히 살아남은 왜선 수십 척이 악착같이 공격해 왔다.

그때, 높은 충각(層閣)을 가진 거대한 아타케부네가 관음포 남쪽으로 빠져나가는 게 보였다. 붉은 장막을 친 누각 위에는 황금 갑옷을 입은 왜장이 보였다.

"필시 저놈이 도진의홍이리라. 모두 충루선에 탄 저 황금 갑옷을 노려라!"

이순신 장군이 사수들을 향해 소리쳤다. 갑판 위의 사수들이 아타케부네를 향해 화살을 날렸다.

― 쉬익, 쉬익!

하지만 시마즈의 아타케부네는 속도가 빨랐다. 장군이 다급히 외쳤다.

"전속력으로 쫓아라!"

군관의 명령에 격군들이 있는 힘껏 노를 저었다.

"으랏차!"

"어기여차!"

― 좌아아아!

대장선의 깃발 신호에 따라 그 주위로 몇 척의 판옥선이 따라붙으며 시마즈의 배를 추격했다. 하지만 인원이 부족해 원래는 네댓이 붙어야 할 노 하나당 두세 명밖에 붙지 못해 배의 속력이 많이 나질 못했다. 애초에 판옥선이 한반도 해안 방어에 최적화된 배라 왜선보다 상당히 느렸다. 시마즈의 배와 조선 함대 사이의 거리가 점점 벌어졌다.

"이런… 놈을 놓치고 마는가?"

장군은 안타까워하며 입술을 깨물었다.

그때 뜻밖의 상황이 벌어졌다. 남쪽으로 향하던 시마즈의 배가
역류를 만나 항진 속도가 급격히 줄어든 것이다.

"헛, 왜 이래. 왜 속도가 줄어든 것이냐?"

"배가 역류에 걸렸습니다!"

"뭐, 뭐라고?"

시마즈의 배는 더 이상 항진하지 못하고, 같은 장소에서 계속
빙빙 돌기만 했다.

그때 이순신 장군을 필두로 한 조선 함대가 시마즈를 향해 돌진
해왔다. 천하의 시마즈가 다급한 목소리로 외쳐댔다.

"으악, 놈들이 온다! 뭣들 하느냐! 빨리 노를 젓지 않고!"

"썰물 때문에 파도를 넘지 못합니다!"

"뭐라? 이런 빌어먹을!"

더 이상 속도를 낼 수 없다는 부관의 답변에 시마즈의 얼굴이
사색이 되었다. 이미 200여 척이 넘게 침몰한 상황. 시마즈는 다가
오는 조선 수군의 함대가 마치 시니가미(死神)처럼 느껴졌다.

역전의 노장인 시마즈조차 간담이 서늘해지는 그 순간, 좌현의
서쪽 50보 거리에서 한 젊은 왜군 장수의 목소리가 들려왔다.

"효고노카미를 지켜라. 모두 뎃포를 발사하라!"

– 탕!

– 타탕!

미쯔우로코가 그려진 돛을 단 아타케부네가 쏜살같이 다가오며 조선 수군을 향해 포격했다.

"오, 히사토키!"

순식간에 얼굴에 화색이 돈 시마즈가 왜군 장수를 향해 외쳤다. 자신을 구하러 온 장수는 바로 타네가시마 히사토키였다.

타네가시마의 아타케부네가 철포와 대철포를 쏘아대며 이순신 장군의 대장선으로 가까이 다가왔다.

– 탕!

– 타탕!

"통제사를 엄호하라!"

"대장선 주변으로 모여라!"

왜선 함대가 다가오는 걸 본 우치적과 류형, 우수 등이 대장선을 엄호하기 위해 모여들었다. 그 와중에 류형의 판옥선에 왜선들이 개 떼처럼 달려들었다.

류형은 총알을 여섯 발이나 맞았음에도 불구하고, 칼을 휘두르며 병사들을 독전했다.

"물러서지 마라! 승자를 쏴라!"

한편, 첸린 역시 이순신 장군의 대장선 앞쪽으로 왜선들이 모여

드는 걸 인지하고 병사들에게 외쳤다.

"이 통제를 엄호하라! 전속력으로 노를 저어라!"

"전속력으로 노를 저어라!"

– 촤아아아!

그때가 묘시에서 진시로 넘어갈 즈음이었다. 아직도 어둑어둑했지만, 동쪽 수평선이 점차 밝아져 와, 흐릿하게나마 전함들의 외곽선과 그 위에 탄 사람들의 인영은 확인할 수 있었다.

이순신 장군은 장대에서 친히 독전고를 두드리며 외치고 있었다.

"마지막 힘을 내라. 황금 갑옷을 입은 저놈이 적장이다!"

– 둥, 둥, 둥!

송희립은 선수 갑판에서 칼을 들고 병사들을 독려하고 있었다. 조금만 더 가면 시마즈의 배를 잡을 수 있는 거리. 그때 앞쪽에서 아타케부네와 세키부네들이 몰려들었다. 타네가시마의 전함도 끼어 있었다.

"앗, 왜적선이 돌진해온다!"

– 촤아아아!

왜 함대는 무서운 속도로 바다를 가르며 대장선 쪽으로 달려들었다.

이순신 장군을 엄호하기 위한 조선과 명의 전선들도 때마침 모여들었다.

"대장선을 엄호하라!"

이로써 장군의 대장선 주위로 첸린의 판옥선, 아군의 전함들, 그리고 왜군의 세키부네와 아타케부네가 뒤엉키게 됐다.

그리고….

– 탕, 타탕!

타네가시마의 왜선에서 조총 소리가 울려 퍼졌다.

"크흑!"

순간, 대장선의 이물에 있던 송희립이 고꾸라졌다. 이순신 장군이 그 모습을 보고 소리쳤다.

"송 군관!"

장대 아래로 손문욱이 송희립에게 달려가며 뭐라고 외치는 모습이 보였다. 다행히 탄환이 송희립의 머리를 살짝 스치고 가 죽은 것 같진 않았다.

바로 그 순간, 대장선에 근접한 왜선의 '이순신 암살 부대원'들이 장군을 노리며 조준했다.

동시에 조선과 명의 전선에 탄 '손문욱의 군관'들도 몸을 틀어 조총을 발사했다.

방아쇠가 당겨졌고, 조총의 화승이 화약 접시에 불을 붙였다.

– 탕!

귀를 찢는 포음 속에서도 한 발의 총소리가 선명하게 들렸다.

그 순간, 통제선 장대 위의 인영이 아래로 꺼졌다.

이순신 장군은 왼쪽 가슴을 부여잡고 휘청거렸다.

"크흑!"

가슴이 타오르면서 형언할 수 없는 고통이 찾아왔다. 목구멍과 눈으로 비릿한 붉은 액체가 올라왔다. 정신이 혼미해지면서 시야가 점점 흐려졌다. 전장의 소리도 아득해져 갔다. 시간이… 마치 정지된 것 같이, 시간이 느리게 흘렀다.

"으…."

장군의 몸이 마치 거목이 쓰러지듯 그대로 주저앉았다. 장대에 함께 있던 아들 회와 조카 완이 놀라며 장군에게 다가왔다. 이회는 아버지의 상체를 떠받치며 외쳤다.

"아버님!"

"하아, 하아…."

장군은 눈을 부릅뜬 채 가쁜 숨을 몰아쉬었다. 가슴을 부여잡은 손가락 사이로 검붉은 피가 쏟아졌다.

54년의 인생이 순식간에 머릿속을 스쳐 지나갔다. 생각해보면 지금까지 숱하게 죽을 고비를 넘겨온 그야말로 파란만장한 인생이었다.

녹둔도에서 여진족과 싸웠을 때도, 이후 패전의 책임으로 처형당할 위기에 처했을 때도, 첫 번째 백의종군 때 다시 여진족과 싸웠을 때도, 그리고 왜란 이후 벌어진 숱한 해전⋯. 특히 사천에서 총상을 입었을 때도, 역질에 걸려 생사를 오갔을 때도, 의금부에 끌려가 고문을 당했을 때도, 두 번째 백의종군 때 칠천량의 패전 소식을 들은 후 초계에서 벽파진까지 가는 동안에도, 명량에서 133척의 왜선과 맞섰을 때도 모두 죽을 뻔하다가 살아났었다.

'충분히 오래 살았다.'

한 치의 부끄러움도 없이 살려고 노력했다. 그리고 어느 정도 성과를 이루었다. 그럼에도 불구하고 회한은 남았다. 특히 작년에 있었던 어머님의 별세, 막내의 죽음만 생각하면 여전히 억장이 무너졌다.

그런데 이제는 정말로 떠나야 할 때가 된 것 같다. 아직 왜적을 완전히 일소하지 못했건만⋯ 적어도 부산포까지 가서 고니시와 가토를 모두 처단한 다음에 죽을 수만 있다면 여한이 없겠건만⋯.

이제 이렇게 이곳 노량에서 인생을 마감하려 한다.

"쿨럭!"

숨이 잘 쉬어지지 않았다. 입을 크게 열어 공기를 들이마시려 했다. 그러자 기침과 함께 피가 토해져 나왔다.

하지만 마지막 명령은 내려야 한다. 죽기 전에 내려야 한다. 장군은 그야말로 온 힘을 쥐어 짜내 가까스로 마지막 명령을 전했다.

"싸움이… 하아… 급박하다. 나의 죽음을 적에게 알리지 말라…."

"아버님!"

이회는 아버지를 부여잡고 울부짖었다.

장군은 이제 더 이상 고개를 들 힘이 없어, 한쪽 어깨에 기댄 채 전장을 바라보았다. 조선 수군은 맹렬한 기세로 적선과 싸우고 있었다. 제 몸을 사리지 않고 노를 젓고 있을 격군들이 자랑스러웠다. 갑판 위에서 고군분투하는 사수와 포수들 또한 믿음직스러웠다. '됐다. 나는 여기까지다. 나머지는 그대들에게 맡긴다'라는 말을 하고 싶었지만, 입이 움직여지질 않았다. 졸음이 몰려왔고, 주변이 점차 어두워졌다.

이순신 장군은 그렇게 눈을 감았다.

이날의 노량 앞바다는 그야말로 '불타는 바다'였다. 은유적 표현이 아니라 실제로 그랬다. 해수면은 부서진 전함에서 나온 수많은 널빤지들로 빽빽이 뒤덮여 있었는데, 이 널빤지와 합판들이 곳곳에서 불탔기 때문이다.

매캐한 연기가 해협 전체를 뒤덮었고, 공중으로 불꽃들이 타닥타닥 소리를 내며 휘날렸다. 수없이 많은 불꽃이 튀었다.

조선 수군의 대장선에서도 불꽃이 피어올랐다. 그중 유독 푸르게 빛나는 불꽃이 있었다.

푸른 불꽃은 강렬하고 찬란한 빛을 뿜어냈다. 마치 밤하늘의 별과 같았다. 푸른 불꽃은 훨훨 날아 하늘 위로 올라갔다.

"아버님!"

이회가 아버지의 시신을 붙잡고 통곡했다. 한참이나 고개를 떨구고 눈물을 흘리던 그가 말했다.

"아버님께서 이렇게 되시니 슬프기가 한없이 망극하구나."

옆에 있던 이완이 답했다. 그의 두 눈에서도 눈물이 하염없이 흘렀다.

"하지만 형님, 지금 곡소리를 내었다간 아군이 무너지고 적이 크게 기세를 얻을 겁니다."

이회는 입술을 깨물며 답했다.

"그렇다. 그랬다간 아버님의 주검조차 구하지 못하리라."

"지금은 꾹 참고 싸울 수밖에 없습니다."

"알겠다. 자, 빨리 아버님을 안으로 모시자."

이회와 이완, 그리고 종 금이가 장군의 시신을 들고 조용히 장대 안쪽 공간으로 들어갔다. 이 공간은 철판으로 둘러싸여 있어 외부에선 볼 수 없었다.

이회가 장군의 시신을 옮긴 후 다시 나온 그때, 송희립이 장대로 뛰어 올라왔다.

"무슨 일입니까?"

"아버님께서… 아버님께서 돌아가셨습니다."

이회가 고개를 숙인 채 답했다. 송희립은 이회의 어깨를 잡으며 함께 고개를 숙였다.

"아, 통제사또…."

잠시 동안 슬픔을 추스른 송희립이 이회에게 말했다.

"슬퍼할 시간이 없습니다. 일단은 독전고를 치십시오. 저는 영각(令角)을 불겠습니다."

"알겠습니다."

그렇게 이회는 독전고를 두드렸고, 송희립은 영각을 불었다.

하지만 이회는 흐르는 눈물을 주체할 수 없었다. 독전고를 치는 북채가 천근만근처럼 느껴졌다. 잠시 뒤, 손문욱이 장대로 올라왔다.

"이 통제는 어디 계시오?"

"아버님께서 운명하셨습니다."

"아아…."

이회의 말을 들은 손문욱이 짧은 탄식을 했다. 순간, 그의 입가에 옅은 미소가 스쳐 지나갔지만, 아무도 알아차리지 못했다. 날이 아직 밝지 않은 탓이었다.

손문욱이 이회와 송희립에게 말했다.

"상황이 위급합니다. 송 군관은 갑판으로 내려가 군을 지휘해 주시오. 이 공은 장남이시니 들어가서 통제사를 보살피시오. 독전고는 내가 두드리리다."

"부탁드려도 되겠습니까?"

이회가 쉴 새 없이 눈물을 흘리며 손문욱에게 물었다. 손문욱은 고개를 끄덕인 후, 이회의 등을 떠밀었다. 송희립이 영각을 손문욱에게 전하며 말했다.

"그럼 잘 부탁하오."

"염려 마시오."

송희립은 다시 장대 아래로 내려갔고, 손문욱은 북채를 잡고 독전고를 두드렸다.

– 둥, 둥, 둥!

해무와 포연이 뒤섞여 주변이 어지러웠다. 너무나 혼란스러운 난전 중이라 아무도 장군의 서거를 알지 못했다.

어느덧 진시(오전 7시 30분)가 되었다.

겨울 바다는 해가 늦게 뜬다. 그래도 여지없이 태양은 떴다. 그날, 노량 앞바다의 태양은 핏빛 그 자체였다. 피의 태양이 바다를 비추자 어느 정도 전장의 윤곽이 드러났다.

그리고 참혹한 광경이 눈앞에 펼쳐졌다.

피로 물든 바다, 스산한 해무, 불타는 배들, 물 위를 떠다니는 판자들, 둥둥 떠 있는 시체들….

귀를 찢는 총통 소리, 코를 찌르는 화약 냄새, 숨쉬기조차 힘든 매캐한 연기, 비릿한 피 냄새와 바다 냄새, 아비규환, 연옥, 지옥….

이날의 관음포 앞바다는 지옥 그 자체였다.

❖ ❖ ❖

한편, 조선 수군 대장선의 추격을 뿌리친 시마즈는 기적적으로 전장을 빠져나올 수 있었다.

"최대한 빨리 노를 저어라!"

가까스로 관음포를 빠져나온 시마즈의 아타케부네가 전속력으로 남해 섬 남단으로 노를 저어갔다. 난전에 난전이었기 때문에 주장(主將)인 그의 얼굴조차 피와 화약 분진으로 범벅이 되어 있었다. 그때 부하 장수가 달려와 상황을 보고했다.

"주공, 아군의 피해가 막대합니다. 8할 이상이 분파된 것으로 보입니다."

"예상했던 바다. 고니시 님은 필시 도망쳤을 것이니 전략상 우리가 승리다."

시마즈는 팔자 주름을 지어 보이며 억지 주장을 펼쳤다. 350척 중 50척만 겨우 살아남은 대참패였음에도 불구하고 말이다.

"어쨌든 살아남은 놈이 이긴 거다."

온몸을 칼로 찌르는 듯한 차가운 남해의 밤바람이 그를 때려댔지만 생사를 오간 전투를 막 치른 그는 뜨거운 숨을 몰아쉬었다. 그렇게 시마즈의 선단은 관음포에서 점차 멀어져 갔다.

❖ ❖ ❖

같은 시각, 남해 섬 서쪽 바다.

"자, 빨리. 빨리!"

이순신 장군이 절명한 그 순간, 고니시의 함대는 여수반도와 남해 섬 사이의 바다를 통해 부산 쪽으로 달아나고 있었다. 고니시는 드넓은 바다를 보며 안도의 한숨을 쉬었다.

"휴, 천만다행으로 목숨은 건졌다. 이 모든 게 천주님의 덕분이 아니겠는가!"

"그러하옵니다. 세쓰노카미 사마."

옆에 있던 부관이 맞장구를 쳐줬다.

고니시는 부관을 힐끗 쳐다본 후, 엊그제 있었던 '최후의 만찬'을 떠올렸다.

'후미노리 녀석…. '최후의 작전'은 성공했을까?'

고니시와 후미노리가 획책한 '최후의 작전'이란 조선 수군 내에 암살자를 침투시켜 이순신을 죽이는 계책이었다. 이틀 전 최후의 만찬 때 함께 술을 마신 여섯 명이 바로 그 암살자들이다. 육군 쪽 군문 출입은 워낙 허술해 잠입은 쉬울 거라고 예상했다. 더구나 그날은 봉화 덕분에 양 진영 모두 정신없을 때였다.

만일 후미노리와 그의 부하들이 이순신을 암살하는 데 성공했다면 일본군은 더 이상 피해를 입지 않을 것이다. 은자 100냥으로 엄청난 이득을 챙기는 셈이다.

'이제 본국의 일만 신경 쓰자. 앞으로 도쿠가와 녀석과 전쟁은 불가피할 터이니 그 전에 준비를 철저히 해야 해.'

고니시는 향후 일본에서 있을 권력투쟁에 더 초점을 맞추기로 했다. 그는 주변의 섬들을 바라보며 외쳤다.

"제기랄, 잘 있어라. 조선 땅아. 아쉽지만 나는 이만 가보련다!"

그렇게 고니시는 7년간 온갖 만행을 저지른 조선 강토를 뒤로하고 바다 너머로 사라졌다.

❖ ❖ ❖

이순신 장군의 순국 이후에도 전투는 계속되었다.

정오까지 계속된 전투에서 조선 수군은 마침내 승리할 수 있었다.

성과는 대단했다. 관음포 내의 왜선들 대부분을 파괴하거나 나포한 것이다. 100척 완파에 200척 포획. 획득한 수급만 500에, 생포한 포로는 180명. 살상한 왜적은 그 수를 알 수 없을 정도로 많았다.

하지만 안타깝게도 많은 조선 장병들 또한 순국했다. 이영남,

방덕룡, 고득장, 송섭 외에도 나주목사 남유, 경상우후 이의득, 거제현령 김사종 등의 장수와 이름 없는 수많은 병졸들이 전사했다.

한편, 전투 이후에야 이순신 장군의 서거를 안 첸린은 다음과 같이 통곡했다고 한다.

아아, 이야… 목숨 바쳐 나를 구해주셨구려!

육군 대장 류팅은 고니시의 약조대로 순천왜성을 접수한 뒤, 수급 2천을 챙겼다고 한다. 슬프게도 그 머리는 대부분 조선인들의 것이었다.

또한 이순신 장군의 서거를 알게 된 조선의 백성들은 몇 날 며칠에 걸쳐 대성통곡을 했다고 한다.

그렇게 지난 7년간 조선을 처참하게 유린했던 왜란은 끝이 났다.

그날 이후

해가 바뀐 기해년(1599) 3월, 한양 정릉동 행궁 별전.

올빼미 울음 소리가 서글픈 야심한 밤, 이연이 손문욱과 대작하고 있었다.

"수고했다. 여러 가지로."

"모든 건 그저 전하의 은덕 덕분이옵니다."

이연의 칭찬에 손문욱이 머리를 조아리며 답했다. 이연이 말을 이었다.

"이순신의 장수들이 불만을 터뜨렸더구나."

"원래 승선할 때부터 저항이 좀 있었습니다."

"음, 그래?"

이연이 술 한 잔을 들이켰다.

노량해전이 끝난 후, 이덕형과 권율은 손문욱의 활약상을 칭찬하는 장계를 올렸다. 통제사가 죽은 걸 임기응변으로 잘 숨기고, 병사들을 잘 이끌어 승리에 혁혁한 공을 세웠다는 내용이었다.

　급기야 군공청(무공을 평가하던 관아)에선 손문욱에게 '당상 직을 초수(超授)하더라도 아까울 것이 없다'라는 어마어마한 평가를 내렸다. 조정에선 손문욱을 칭찬하는 소리가 자자했다.

　하지만 지난달 형조좌랑이 해온 보고는 전혀 딴판이었다.

　'실제 전투에서 공을 세운 건 송희립 등인데, 손문욱이 우연히 한배에 타 그 공을 가로챘으므로 온 장병들이 분격한다'는 내용이었다.

　그러나 이러한 반발에도 불구하고, 이연은 시치미를 뚝 떼고 있었다. 그는 오히려 손문욱의 품계를 올려줄 계획이었다.

　"내 조만간 너를 오위(五衛)의 부장으로 임명할 테니 그리 알라."

　"성은이 망극하옵니다."

　손문욱이 연신 머리를 조아렸다. 그는 여전히 이순신을 죽인 게 자신들의 군관인지, 아니면 왜병들인지 알지 못했다. 뭐 어떠랴. 자기는 그저 돈만 챙기고 출세만 하면 되는 것을.

　이연은 눈앞에서 머리를 조아리고 있는 손문욱을 보며 생각에 잠겼다.

　'궁궐 무당의 말을 듣고, 이자의 성을 손 씨로 바꾼 게 주효했던가?'

이순신이 죽은 직후부터 이연은 그 늙은 여자 무당이 참 용하다고 생각해오고 있었다. 궁궐 무당은 이연에게 다음과 같이 조언했다.

전하, 남쪽에서 일을 도모하는 자의 성을 손 씨로 바꾸소서.

왜 그런가?

孫의 초서체는 孙인데, 이는 이순신의 李를 때려눕힌 뒤(子木) 목을 자르는 형상(木→小)이기 때문이옵니다.

!

이연은 무당과의 대화를 떠올리며 안주를 한입 집어넣었다.

"자, 이로써 더러운 굿판은 끝난 셈이 되었군. 흐흐흐."

시뻘건 호롱불이 비열하게 웃는 이연의 얼굴을 비추었다.